뜨개는
우리를
들뜨게
하지

뜨개는 우리를 들뜨게 하지

바나 지음

낮에는 코드를, 밤에는 니트를 짜는 개발자
바나의 더블린 뜨개 라이프 에세이

브레인스토어

프롤로그:
밤이 되면
뜨개를 하는 개발자

만약 과거에 누군가 나에게 "너는 이제 뜨개에 미쳐서 돈의 가치
는 실값으로, 시간의 가치는 몇 단을 뜰 수 있는지로 환산하게 될 거
야"라고 했다면 정신 나간 소리 하지 말라고 했을 것이다. 어렸을 때
부터 손으로 꼼지락거리는 것을 좋아해서 레고, 십자수, 프랑스 자
수, 건담 피규어, 퍼즐, 그림 그리기, 구체관절 인형 만들기 등 손으
로 할 수 있는 이것저것을 해봤다(목도리나 간단한 소품 정도를 떠 본 게
전부이긴 했지만 그 중에는 뜨개도 있었다). 세상에는 집 안에서 혼자 즐
길 수 있는 것들이 넘칠 만큼 많았기에 정말 다양한 취미와 놀이를
경험했다. 그 중 몇 가지의 취미는 시간의 텀을 두고 계속해서 하기
는 했으나 쉽게 싫증을 내는 성격 탓에 평생 딱 하나만 해야 한다면

이것을 하겠다는 취미는 코딩 말고는 없었다. 그리고 그것이 훗날 내 직업이 되었다.

그러던 2020년 3월, 코로나 바이러스로 인해 아일랜드 정부는 락다운을 결정했고 회사에서는 재택근무를 시작할 거라는 공지가 내려왔다. 연말을 한국에서 보내고 연초에 돌아올 때쯤 한국에서 확진자가 하나둘 나왔다는 소식을 뉴스에서 접했다. '이 멀리까지 바이러스가 퍼지겠어?'라고 예상한 것과 달리 아일랜드에도 양성 판정을 받은 확진자가 발생했고 정부의 락다운 결정 소식을 듣게 되었다. 그때는 락다운이 이렇게 길어질지 전혀 몰랐기에 출근을 하기 위해 일찍 일어나지 않아도 된다는 사실에 기뻐하며 미리 예약해 둔 닌텐도 스위치 '동물의 숲' 게임 타이틀을 찾아 집으로 왔다.

모든 직장인이 공감하겠지만 출근길은 피곤하다. 눈뜨자마자 피곤한 몸을 이끌고 가는 출근길 대신 5분 전에 일어나서 컴퓨터를 켜고 이만 닦으면 출근 완료에, 노트북을 닫으면 순간이동을 한 것처럼 퇴근이 완료되는 재택근무는 정말이지 달콤했다. 하지만 내가 먹고 싶어서 먹는 라면은 꿀맛이지만 돈이 없어서 겨우 먹는 라면은 죽을 맛이듯이 강제로 집에만 있어야 하는 시간은 점점 고통스러웠다. 처음 1~2주, 길어야 한 달을 예상했던 락다운은 계속 연장이 되어 여름이 지나고 가을이 다가오고 있었다.

백신을 맞기 전이라 집 앞의 슈퍼에 가는 것도 극도로 제한하는 일상 속에서 내게 남은 낙이라곤 락다운 직전 다녀온 네덜란드 암스

테르담에서 기념 삼아 사왔던 해바라기 씨앗이 싹을 피우고 자라나는 것을 지켜보는 것과 게임밖에 없었다. '동물의 숲'은 플레이 타임 655시간을 넘겨 게임 상의 모든 대출을 다 갚고 지하실까지 달린 2층 집의 소유자가 되었고 정성을 가득 쏟아 키우던 해바라기는 기특하게도 꽃을 피우고 키가 내 허리까지 올만큼 훌쩍 자랐다. 이제 때가 왔다 싶어 해바라기를 마당에 옮겨 심었다. 하지만 그날 밤 태풍이 와서 유일한 낙 중 하나였던 해바라기는 죽어버렸고, 게임은 지겨워졌다.

군대는 전역일, 감옥은 출소일이 있어 하루하루 날짜를 세며 버틸 수나 있지 겨울이 되었지만 여전히 락다운 해제의 기미는 보이지 않았다. 눈을 뜨면 일을 하고 퇴근 후 대충 시간을 보내다가 밤이 되면 잤다. 그렇게 또 아침이 되고 여느 때와 같이 일을 시작하려고 노동요를 고르려 유튜브에 들어갔다가 추천 영상으로 뜬 썸네일에 눈길이 갔다. 대바늘로 떴다는 스웨터였다. 아주 가끔 뜨개를 하곤 했지만 뜨개 옷에 큰 관심이 없었던 이유는 뜨개로 옷을 뜬다는 것은 반평생 뜨개를 해온 고수들이나 하는 것이라는 생각 때문이었다. 그리고 왠지 모르게 뜨개 옷은 좀 촌스럽다는 선입견도 있었다. 하지만 썸네일 속 옷은 쇼핑을 하러 나가면 예쁘다며 살 법한 트렌디하고 예쁜 디자인의 옷이었다. 뜨개로 이런 옷도 만들 수 있구나 신기해하며 영상을 클릭했다.

정신을 차려 보니 나는 구글에서 'knitting'이라는 검색어로 이것저것 보고 있었다. 다운되면 그날은 아예 아무 일도 못한다는 개발자들의 커뮤니티 '스택오버플로 Stack Overflow ' 같은 니터들의 커뮤니티 '라벌리 Ravelry '도 알게 되었다. 간단한 회원가입을 하고 로그인을 하니 정말 완전히 새로운 세계에 들어선 듯했다. 청소기 커뮤니티도 있는 세상인데 그동안 왜 나는 뜨개를 즐겨 하는 사람들은 인터넷과 거리가 멀어 공방에서만 삼삼오오 모여서 뜨개를 한다는 편견을 가지고 있었을까? 니터들은 세상 모든 걸 다 직접 떠버리겠다는 심산일까? 스웨터, 카디건, 양말, 인형 등은 물론이고 심지어 구급상자의 도안부터 전 세계 니터들의 프로젝트들, 방대한 뜨개실의 정보까지 뜨개에 관련된 모든 데이터가 한곳에 모여 있었다. 조금 불안정할 때도 있긴 하지만 모바일에서도 웹페이지가 자동적으로 재조정되는 반응형 웹도 지원했으며 검색 결과의 반응 속도도 꽤 빨랐다. 겉뜨기 안뜨기밖에 몰랐던 나는 한참동안 라벌리의 이곳저곳을 구경하다가 큰 결심에 이르렀다.

"대바늘로 옷 뜨기. 나도 한 번 해봐야겠어!"

사실 처음에는 시간도 때울 겸 호기심으로 시작했기 때문에 정말 밖에 입고 다녀도 창피하지 않을 그런 옷을 뜰 수 있을 거라고는 생각하지 않았다. 밖에 입고 나가기에는 수치스러운 옷을 하나 뜨고 나면 역시 옷은 사 입는 거라며 알아서 발을 뺄 거라는 무언의 확신이 있었다. 하지만 정신을 차리고 보니 옷장에는 내가 직접 뜬 옷들이 넘쳐났고(심지어 밖에 입고 나가도 놀랍게도 전혀 수치스럽지 않았다) 사는 속도가 뜨는 속도를 따라가지 못해 쌓여 가는 실들과 뜨개 용품들이 집안을 점점 채워 갔다.

뜨고 싶은 건 많은데 손이 두 개라 한스럽고 락다운 초기부터 시작하지 않아 허비했던 내 시간들이 얼마나 아까웠는지 모른다. 그뿐 아니라 친구들의 SNS에도 댓글을 잘 달지 않는 내가 다른 니터들과 소통하기 위해서 인스타그램에 뜨개 계정을 만들었고 다른 니터들의 작품에 '너무 예뻐요!', '미쳤어요!'라고 밖에 말하지 못 하는 내 표현력의 한계가 한스럽다며 주접, 너스레를 떨고 있었다. 나아가 온라인에서 사귄 '뜨친'^{뜨개친구} 들과 '함뜨'^{함께 뜨개} 를 하고 유튜브에 뜨개로그를 올리기 위해서 영상을 찍어 올리기도 했다. 도대체 뜨개를 하기 전에는 뭘 하고 살았을까 싶을 정도로 뜨개 없는 인생은 상상할 수 없을 지경에 이르렀다.

그러던 어느 날 한 출판사로부터 나의 뜨개 이야기를 에세이로 써보지 않겠냐는 제안을 받게 되었다. 솔직히 처음에는 '오호라 이런 게 바로 SNS 사기인가?' 싶어 무시하려고 했지만 놀랍게도 사기가 아니었다. 그때부터 나의 고민은 시작되었다. 카카오톡을 할 때 정도가 아니면 한국말을 잘 쓰지도 않는 내가 과연 책 한 권 분량의 글을 쓸 수 있을까? 뜨개를 전문적으로 배운 경험도 없이 이제 시작한 지 2년도 채 안 되는 내가 감히 뜨개에 대해서 말할 자격이 될까?

게다가 떠야 할 게 잔뜩 밀려 있어 안 그래도 부족하고 소중한 뜨개 시간에 책을 쓰느라 뜨개를 못할지도 모른다고 생각하니 시간이 조금 아까운 마음도 들었다.

첫 번째 고민에 대해서 친구에게 상의를 했더니 한국어를 많이 사용하지 않았으니 언어가 단순해져 오히려 누구나 편하고 쉽게 읽을 수 있는 책을 쓸 수 있지 않겠냐는 긍정적인 조언을 해주었다. 생각보다 간단하게 한 가지 고민이 해결되었다.

두 번째 고민은 뜨개 지식을 전달하려는 목적의 전문 서적이 아니라 내 경험을 바탕으로 쓴 에세이니 특별한 자격이나 조건은 없다고 생각해서 용기 내보기로 했다. 이 책을 읽으면서 새로운 기법이나 팁을 얻을 수는 없겠지만 이미 뜨개를 하고 있는 니터들은 내 이야기에 조금이라도 공감할 수 있지 않을까? 그리고 별의별 주제의 에세이가 다 나오지만 뜨개 에세이는 국내든 해외든 다른 분야에 비해 그 수가 턱없이 부족한 것도 아쉬웠던 참이었다.

세 번째 고민은 뜨개 시간은 너무 소중해서 줄일 수는 없으니 잠을 줄이는 것으로 해결책을 찾았다.

책을 써야겠다고 결심한 가장 큰 이유는 한 명이라도 더 많은 사람들이 뜨개를 경험했으면 하는 마음에서였다. 혹시라도 손재주가 없는데 내가 과연 옷을 뜰 수 있을까 걱정만 하며 도전을 못하고 있는 사람들이 있다면 이 책을 읽고 '저 사람도 하는데 나도 할 수 있지 않을까?'하는 용기를 얻을 수 있는 계기가 되었으면 한다. 만약 나처

9

럼 뜨개를 좋아하게 된다면 할머니, 할아버지가 되어서도 할 수 있는 평생의 취미를 찾게 된 것이다. 혹시라도 뜨개가 지루하고 재미 없다면 뜨개를 한 번이라도 해 봤다는 경험 자체를 좋은 추억으로 남기고 그만두면 된다고 생각한다. 마지막으로 이 책을 통해 뜨개를 하는 사람은 다소곳하다거나 여성스럽다는 고정관념을 깨고 싶었다. 또한 과거의 내가 그랬듯이 뜨개는 지루하고 촌스럽다는 편견 역시 깰 수 있길 바란다. 뜨개는 그런 것이 아니다.

Contents

시작부터 문어발 니터

어떤 언어를 배우든지 처음 프로그래밍을 배울 때 가장 처음으로 하는 것은 "Hello World"를 화면에 출력하는 것이다. 그게 시작을 알리는 주문이다. 라벌리의 수많은 도안 속에서 대망의 첫 도안을 골라 결제를 하고 도안 파일을 열어 보며 마음속으로 작게 '헬로우 뜨개 월드'를 외쳤다. 하지만 뜨개 월드로의 입성은 결코 쉽지 않았다.

이제는 누군가 "이 스웨터 게이지가 몇이에요?"라고 물어본다면 "아, 그거 핑거링이랑 모헤어 합사해서 4mm 바늘로 21코 28단이에요"라고 말할 수 있을 정도로 게이지는 익숙한 용어이다. 하지만 당시 나에게 게이지란 차 안에서 기름이 얼마나 남았는지 보여주는 계기판의 그것이었으며 스와치는 스위스의 손목시계 브랜드 이름이

인따르시아 케이블 스티치
German Merino Light from mominoki yarn

었다. 그래서 스와치를 떠서 게이지를 확인한다는 말은 시계를 만들어서 눈금을 보란 이야기와 다를 게 없는 말이었다. 도안을 계속 보다가는 시작도 하기 전에 포기할 것 같아 일단 가장 쉬워 보이는 실 구매를 하기로 했다.

그때의 나는 반드시 디자이너가 사용했던 실과 바늘로 똑같이 떠야 하는 줄로만 알았고 도안에서 제시하는 실과 바늘을 검색해 장바구니에 담았다. 생각보다 비싼 실 가격에 결제 버튼을 누르기가 살짝 망설여졌다. 그렇지만 매일 집에만 있던 나는 너무나도 심심했고 곧 크리스마스 홀리데이로 3주의 휴가가 기다리고 있었다. 평소라면 크리스마스 기간 전 각종 파티와 선물 준비로 바쁜 하루를 보

Krystall damekofte by Sandnes Design, Mondim from Retrosaria

내고 있었겠지만 코로나 락다운으로 인해 모든 파티는 취소된 상태였고 나는 특별히 갈 곳도, 할 것도 없었다. 그래서 고민 끝에 결국 결제 버튼을 눌러 버렸다.

하지만 내가 미처 생각하지 못했던 부분이 있었다. 코로나로 인해 많은 사람들이 크리스마스 카드와 선물을 택배로 보내고 있어 우편 물량이 크게 늘어나 우체국은 거의 마비 상태였고 특히 해외배송은 정말 너무 너무 느렸다. 즉 내가 아침부터 간절한 마음으로 기다리든 말든 휴가 시작 전에 기사님이 택배 박스를 들고 짜잔 나타나는 건 거의 불가능에 가까운 일이었다. 결국 크리스마스 휴가 기간 동안 뜨개를 하려면 실을 다시 구매하든가 3주동안 하릴없이 빈둥거려야 했다. 첫 실은 영국과 덴마크에서 직구를 했는데, 평소 5일이내 정도가 걸리던 영국에서 오는 택배는 3주쯤 걸렸다.

다만 첫 구매 때와 달라진 점이 있다면 그 며칠 사이에 나는 뜨개와 관련된 거의 모든 걸 닥치는 대로 검색했고 게이지만 맞춘다면 꼭 디자이너가 사용한 실을 사용하지 않아도 된다는 점을 알게 됐다. 지금은 당연한 소리지만, 그때는 뭐 모르는 게 당연한 일이기도 했다. 이번에는 제때 배송을 받지 못해 다시 구입해야 하는 실수를 반복하지 않기 위해 아일랜드 내에서 온라인으로 주문하고 직접 픽업할 수 있는 실가게를 찾아 구매를 했다.

자, 이제 실이 준비되었으니 대망의 게이지를 내 보는 일이 남았다. 뜨개의 재미있는 점은 같은 실, 바늘 사이즈로 떠도 니터마다 다른 결과물이 나올 수 있다는 것이다. 사람은 기계가 아니므로 니터에 따라 뜨개 역시 다양한 결과가 나오게 된다. 4mm의 바늘로 10cm에 21코라는 게이지를 기준으로 만든 도안의 게이지를 내볼 때, 손에 힘을 빼지 못하고 마치 실과 원수 진 일이 있는 것처럼 실과 힘겨루기를 하며 뜨는 일명 '쫀손니터'들은 게이지가 24코가 나올 수 있고 반대로 헐렁하게 뜨는 사람들은 게이지가 더 크게 19코가 나올 수 있다는 점은 재밌다. 그래서 옷을 뜨기 전에 사이즈를 정하기 위해서는 가로 세로 10cm의 편물에 가로로 몇 코^{코수}, 세로로 몇 단^{단수}이 나오는지 계산하는 게이지를 떠봐야 한다.

내가 뜬 스와치의 게이지가 도안 상의 게이지와 다르다면 다른 실 혹은 바늘 사이즈로 스와치를 다시 떠서 게이지를 맞추거나 내

게이지에 맞춰 다른 사이즈를 뜨거나 하는 여러 가지 방법이 있다. 하지만 스와치를 뜨는 법조차 몰라 검색에 의존해서 힘들게 스와치를 떴던 나는 내 게이지가 도안상의 게이지와 달라 어찌 해야 할지를 몰랐다. 다른 스와치를 떠 볼만한 실도 없었고 다양한 호수의 바늘이 있는 것도 아니었기에 바늘을 변경할 수도 없었다. 하지만 또 다른 실이나 바늘을 구입할 수 없었던 나는 작은 것보다는 낫겠지 싶어 일단 큰 사이즈의 옷을 뜨기 시작했다.

이 이야기의 결말이 "옷은 좀 컸지만 그래도 첫 카디건을 완성했어요"라고 쓸 수 있었으면 얼마나 좋았을까. 하지만 처음에 실 소요량을 잘못 계산한 이유로 결국 실이 모자랐다. 가끔 나는 내가 우스꽝스러운 시트콤의 주인공이 아닐까 생각한다. 실을 추가로 구매하기 위해 실 가게 사이트에 들어가 보니 이미 크리스마스 휴가로 영업을 정지한 상태로 내년이나 되어야 문을 다시 연다는 것이었다. 당황스러운 마음을 감추고 같은 실을 살 수 있는 곳을 검색해 보았지만 대부분 문을 닫은 상태였다. 크리스마스 휴가는 2주 이상이 남아 있었기 때문에 겨우 겨우 오프라인으로 아직 닫지 않은 실 가게를 찾아 나는 다른 실을 또 사야만 했다.

끝내지 못한 프로젝트를 한국 니터들은 "문어발"이라고 하고 영어권에서는 UFO UnFinished Object 라고 한다. 이런 이유로 나는 뜨개를 시작한 지 일주일도 안 돼서 옷 세 벌을 뜰 실을 구매하고 두 벌의 옷을 캐스트온 해버린 문어발 니터가 되었다. 한 번씩 첫 뜨개 옷이 뭐였냐는 질문을 받을 때면 처음 뜨개를 하기 위해 실을 구입한 도안의 이름을 말해야 할지, 처음 캐스트온 한 옷을 말해야 할지, 처음 완성한 옷을 말해야 할지 고민이 된다. 첫 단추를 잘못 끼웠기 때문일까? 나는 이제 문어발이 20개쯤 되는 대왕 문어발 니터가 되었다. UFO를 20대나 보유한 외계인 왕국의 수장일지도……

Elena by Junko Okamoto
mYak Baby Yak Lace, Tibetan Cloud

잠시만 기다려주세요!
지금 코를 세고 있거든요

　뜨개를 할 때 가장 중요한 것은 무엇일까? 게이지를 맞추고 고른 편물을 위해 처음부터 끝까지 일정한 장력으로 뜨기, 도안에서 사용하는 기법을 정확히 숙지해서 뜨기 등 여러 가지 중요한 요소가 있겠지만 나는 니터의 첫 번째 덕목은 무엇보다 숫자를 잘 세는 것이라고 생각한다.

　뜨개를 해 보지 않은 사람은 '콧수, 그냥 숫자만 세면 되는 거 아니에요?'라고 할 수도 있겠지만 그게 말처럼 쉬운 일이 아니다. 나의 경우에는 한 번에 정확힌 콧수를 맞춰서 캐스트온을 한 적이 거의 없다. 미스터리다! 셀 때마다 콧수가 달라지는 경험을 꽤 많이 했다. 정말 미스터리다! '꽤'라고 쓰긴 했지만 사실은 그냥 거의 매번이라고 봐도 무방하다. 목에서부터 떠내려가면서 코의 수를 늘리기 때문에 첫 시작의 코의 수가 적은 탑다운 Top down 과 다르게 바디 고무단을 시작으로 위로 올라가는 바텀업 Bottom up 방식의 옷 같은 경우는 대부분 캐스트온 코의 수가 총 바디 둘레의 콧수로 시작하기 때문에 코의 수가 많다. 그래서 바텀업 방식의 옷을 뜰 때, 특히 이번에는 과연 콧수를 제대로 셀 수 있을지 두려움이 있다. 예를 들면 220코를 만들라는 도안을 따라 분명히 220코를 만들었는데 세어보니 221코다. 어라 이상하다 싶어서 또다시 세어보니 이번엔 219코였다. 이건 귀신이 장난치는 거 말고는 설명이 안될 정도로 환장할 일이다. 또 이런 적도 있었다. 도안에서 미디엄 사이즈의 스웨터를 뜨기 위해서는 252코를 만들라고 한다. 한 코씩 정성을 담아 코를 만들기 시작한다.

한 코, 두 코, 세 코…… 이백오십일 코, 이백오십이 코 끝!

콧수를 반드시 확인하고 다음 단계로 진행했어야 했는데 무슨 자신감인지 한 코 한 코 정성을 들여 코를 만들었으니 틀렸을 리 없다고 생각했다. 솔직히 252코까지 세기도 귀찮아서 확인도 없이 252코가 맞을 거라고 믿어 버렸다. 그렇게 틀린 줄도 모르고 신나게 고무단을 그것도 꼬아뜨기로 뜨고 바디의 무늬뜨기로 넘어갔는데 무늬뜨기의 코가 딱 떨어지지 않았다. 오 신이시여! 놀란 마음을 가까스로 진정시키며 콧수를 세어보니 8코가 모자랐다. 도대체 왜 8코나 차이가 나는 거지? 1~2코도 아니고 8코나 차이가 난다고? 왜 이

Biches & Buches No.68
Biches & Buches Le Petit lambswool

간단한 콧수를 제대로 못 세는 건지 스스로도 이해가 안 됐다. 한 코 두 코 차이라면 다 푸는 대신 적당히 타협하며 늘림 혹은 줄임으로 콧수를 맞췄겠지만 8코나 차이가 나는 건 도저히 용납할 수 없었다. 아무리 '신이시여~'를 외쳐도 내 뜨개 편물을 풀어주고 틀린 만큼 대신 떠줄 한가한 신은 존재하지 않는다. 그래서 욕하고 싶은 마음을 꾹꾹 누르며 편물을 풀고 나면 나에게 남은 건 라면처럼 꼬불꼬불해진 실과 빈 바늘이다. 허무하다.

혼자 뜨기를 할 때 나만 이렇게 숫자를 못 세는 건지 궁금했다. 훗날 뜨친들에게 나만 이런 거냐고 물어 봤는데 참 다행스럽게도 모두들 비슷한 경험을 했다는 것을 듣게 되었다. 셀 때마다 달라지는

잠시만 기다려주세요! 지금 코를 세고 있거든요

콧수 때문에 가족들에게 세어 보라고 부탁했다는 니터, 틀린 걸 인정하지 못하고 2~3번은 더 확인한다는 니터, 1코 남았을 땐 그냥 포기하고 K2Tog 모아뜨기 한다는 니터들의 이야기를 들었을 때 내적친밀감 상승과 함께 정말 큰 위로가 됐다. 우아해 보이지만 물밑에서 열심히 헤엄치는 백조(사실 백조의 몸에는 공기주머니가 있어서 가만히 있어도 떠 있을 수는 있다고 한다)처럼 평온해 보이는 니터의 얼굴 뒤로는 머릿속은 콧수를 세느라 전쟁 중이다.

인간이 동물과 다른 점은 도구를 사용할 수 있다는 거다. 다행히도 우리에게는 스티치 마커 Stitch marker 가 있다. 스티치 마커를 이

Shoebill Sweater Simple by Tomomi Yoshimoto
Biches & Bûches Le Petit Lambswool

잠시만 기다려주세요! 지금 코를 세고 있거든요

용해서 코를 만들 때 5코 혹은 10코 마다 표시를 한다. 하지만 스티치 마커를 걸고도 콧수를 틀리는 니터를 본 적이 있는가? 축하한다. 지금 당신은 그 바보가 쓴 책을 읽고 있다. 그뿐인가? 마커를 거는 게 귀찮아서 그냥 셌다가 까먹은 적이 한두 번이 아니다. 그럼 두 번째 다시 셀 때라도 마커를 걸었어야 했는데 설마 또 틀리겠어 싶어 그냥 세다가 또 까먹고 결국 세 번째부터 마커를 건 적 도 있다고 용기 내어 고백해본다.

이렇게 어려운 콧수 세기를 할 때 기다렸다는 듯이 말을 거는 사람이 있다. 바로 남편이다. 남편은 내가 코를 셀 때 특히 마커를 걸지 않고 코를 세고 있을 때만 기가 막히게 타이밍을 맞춰 말을 걸어왔다. 누가 됐든지 니터가 코를 셀 때 말을 걸면 당신이 들을 수 있는 대답은 하나뿐이다.

하나!!! 둘!!! 셋!!! 넷!!!

잠시만 기다려주세요! 지금 코를 세고 있거든요

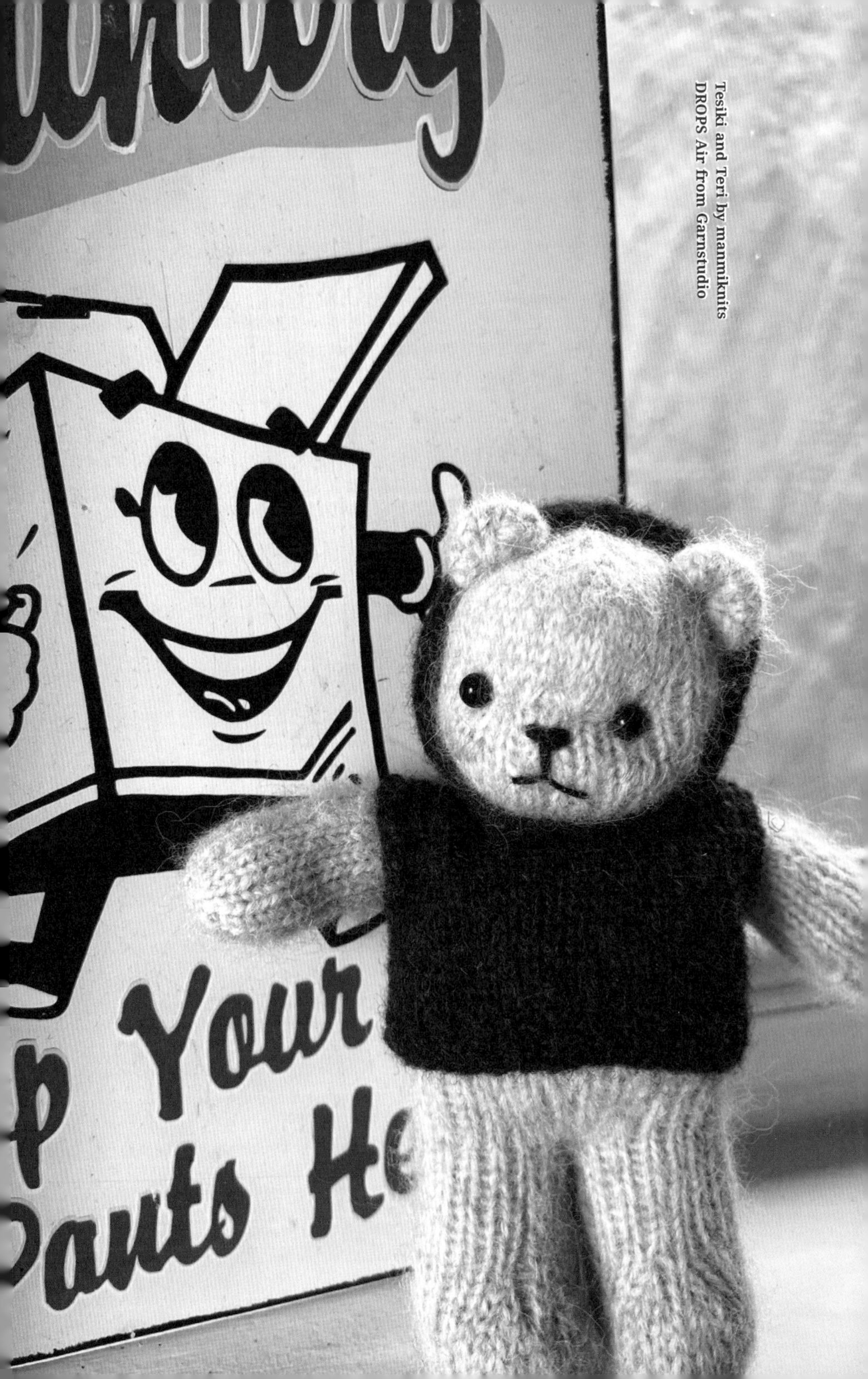

Tesiki and Teri by mammiknits
DROPS Air from Garnstudio

바나함뜨

함께 뜨기의 줄임말인 '함뜨'는 여러 니터들이 모여 함께 뜬다는 뜻으로 영어로는 Knit-Along을 줄여서 'KAL 칼'이라고 한다. 함께 뜬다고 해서 하나의 편물을 수건 돌리기 하듯이 여러 사람이 이어서 뜨는 건 아니다. 혼자 뜨기엔 엄두가 안 나는 프로젝트를 서로 으샤으샤 응원하면서 뜨고 정보를 공유하며, 소소한 일상 수다를 떠는 온라인 뜨개방인 셈이다. 본인이 좋아서 하면서 왜 굳이 응원까지 받아야 하냐고 할 수 있겠지만 원래 옆에서 잘한다 잘한다 해줘야 신나는 법이다. 칭찬은 니터의 바늘을 움직이게 한다.

뜨개를 시작한 지 얼마 지나지 않았을 때 함뜨의 존재를 알게 됐다. 나도 함뜨를 하고 싶었지만 그때는 아는 사람들끼리 모여 함뜨를 하는 분위기라 나 같은 초보가 낄 자리는 없어 보였다. 그렇게 또 혼자 뜨개를 하다가 인스타그램에 올라온 함뜨 모집 피드를 보게 되었다. 스틱을 해야 하는 전체 배색 카디건이라 내가 과연 할 수 있을까 싶어 망설였지만 용기 내어 신청했다. 덕분에 뜨개 한 달 차였던 뜨개 초보는 전체 배색인 마리트 카디건 Marit Cardigan 을 완성할 수 있었다. 그렇게 함뜨의 장점을 알게 되어 또 참여하고 싶었지만 그 뒤로 함뜨 글은 찾아보기가 힘들었다. 목마른 자가 우물을 파는 법이니 내가 함뜨를 모집해 보면 어떨까 싶었다. 같이 뜰 도안을 고르기 위해서 라벌리에 들어가서 구입해둔 도안과 즐겨찾기 해 둔 도안들을 살펴보기 시작했다. 덴마크 디자이너 쁘띠니트 Petiteknit 의 도안 중 하나인 노프릴 스웨터 No Frills Sweater 는 인스타그램 태그 수 17,000개 이상, 라벌리 프로젝트 수 6,900개 이상을 자랑하는 아주 유명한 도안 중에 하나이다. 물론 나도 이미 도안과 실을 구매해 뒀지만 기본 레글런인 디자인인 탓에 다른 도안에 자꾸 순서가 밀리고 있었고 약간의 강제성이 필요하다는 생각으로 노프릴 스웨터를 첫 함뜨 도안으로 골랐다. 아무도 신청 안 하면 어쩌나 두근거리는 마음으로 함뜨 모집 글을 올렸다. 하지만 나와 비슷한 처지의 니터들이 많았는지 정말 많은 신청이 들어온 덕에 함뜨 모집은 금방 마감이 되었다.

조금은 낯선 사람들과 시작한 첫 함뜨는 비록 온라인으로 만났지만 같은 취미를 가지고 만난 사람들이라 시작부터 공감대가 형성되어 있었다. 또한 함뜨 참여자 대부분이 아는 사람 없이 혼자 뜨고 있었던 터라 자기의 이야기에 공감해 줄 사람들을 만난 것에 기뻐하며 함뜨방은 시간을 가리지 않고 쉴 새 없는 수다로 이어져갔다. 실 사진에 함께 열광하고 바늘 이야기 하나로 몇 날 며칠을 이야기 나눴다. 예쁘게 자라나는 옷 사진이 올라오면 내가 뜬 게 아닌데도 흐뭇해하고 누군가 실수를 해서 힘들게 뜬 편물을 풀어야 한다는 소식을 전해오면 함께 슬퍼하고 위로하는 함뜨 분위기는 너무 따뜻했다. 더욱이 오랜 해외 생활로 한국인들과의 교류가 많지 않던 나에게는 특별히 모임에 나가지 않더라도 다양한 한국 사람들과 같은 취미의 즐거움을 나누면서 뜨개를 할 수 있다는 점이 특히 좋았다.

그렇게 첫 함뜨를 시작으로 함뜨 기간이 끝나갈 무렵 헤어지기 싫었던 우리는 다른 함뜨로 인연을 계속 이어갔고 그러다 문득 이런 생각이 들었다.

"왜 꼭 같은 도안으로 함뜨를 해야 하지?"

같은 도안으로 함뜨를 하면 같은 디자인의 옷이 나오지만 다른 실과 컬러로 뜬 다양한 버전의 옷을 볼 수 있어 좋다. 그렇지만 꼭 같은 도안으로만 함뜨를 해야 한다는 것이 함뜨 법서에 명시된 것도 아닐 테니 도안보다는 주제가 있는 함뜨가 하고 싶었다. 그 시작은 "도안은 자유, 실 컬러는 무조건 블랙으로 떠야 한다"라는 주제를 가

진 "저승사자함뜨" 였다. 뜨개를 하기 전에는 내 직업이 개발자가 아니라 저승사자인가 싶을 정도로 검정색 옷을 많이 구입했었다. 하지만 왜인지 뜨개를 시작하고는 검은색보다는 밝은 컬러 위주로 실을 구입하고 있다는 걸 알게 되었고 언젠가 검은색으로도 옷을 한번 만들어 보겠다고 생각했다. 그렇게 주제를 가지고 하는 저승사자함뜨가 시작됐는데 참여자 모두들 코가 보이지 않는다면서 곡소리 가득한 함뜨방이 되어 버리고 말았다. 주로 퇴근 후 밤에만 뜨는 나는 정말 코가 보이지 않아 산행용 헤드라이트를 찾아 그걸 머리에 쓰고 뜨개를 했다. 이렇게까지 뜨개를 해야 하나 자괴감이 들기도 했다.

지금은 함뜨를 꽤 많이 운영해 봐서 익숙하지만 그때는 나도 함뜨 운영 경험이 부족했을 때라 고려하지 못했던 사항이 있었다. 바로 함뜨를 모집할 때 패턴은 자유라고 했지만 슬리브리스 도안으로 뜰 사람이 있을 거라는 생각을 하지 못한 것이다. 미리 공지하지 않

Adore Rib Cardigan by manmiknits
DROPS Kid-Silk, Flora from Garnstudio

은 탓에 울며 겨자 먹기로 그 신청을 받았다. 나는 안 보이는 코를 보겠다고 해드라이트까지 쓰고 기를 쓰고 있을 때, 함뜨 시작 후 단 며칠 만에 첫 완성 사진이 올라왔다. 함께 뜨자고 모여서 뜨개를 한 것이고, 그 니터는 성실하게 뜨개를 해서 완성했을 뿐인데 우리 모두는 알 수 없는 배신감을 느꼈다. 그 니터는 뜨기 힘든 린넨 실과 3mm의 바늘로 떴다고 억울함을 호소했지만 이 함뜨 이후 주제를 가지고 뜨는 함뜨는 도안은 자유라도 팔은 무조건 긴팔이어야 한다는 룰이 생겨났다.

저승사자함뜨를 끝내고 나자 우리는 어디까지의 고통을 즐길 수 있는지 확인해보자는 심산이었는지 이번에는 산적꼬치처럼 3.5mm

미만의 가는 바늘과 핑거링 굵기의 실로 떠야 하는 "산적꼬치함뜨"를 하기로 했다. 내가 예상했던 것보다 고통을 즐기는 변태 니터들이 정말 많았고 함뜨 신청 열기는 폭발적이었다. 1분 동안 130개 이상의 신청이 왔던 것으로 기억한다. 그렇게 시작된 함뜨방은 분명 산적꼬치 같이 가는 바늘로 뜬다는 의미로 산적꼬치 함뜨라고 이름을 정했는데 어쩌다 보니 우리는 그냥 "산적파"가 되어 있었다.

산적파 안에서 각자의 새로운 닉네임을 정했는데 나는 산적파 보스 바나가 되었다. 거기서 멈추지 않고 우리는 호패 대신이라며 각자의 닉네임을 각인한 바늘 게이지 자를 주문해서 나눠 갖고 산적파 전용 마커함도 만들었다. 이 게이지자와 마커들은 여전히 뜨개를 하며 유용하게 사용하고 있는데, 볼 때마다 항상 웃음이 난다.

일본 뜨개 도안 책의 아란 카디건을 뜨는 "기네스함뜨"는 처음으

산적꼬치함뜨 호패 게이지 자

로 모든 편물을 평면 뜨기 한 후 꿰매야 하는 도안이었다. 함뜨가 아니었다면 지금도 옷이 되지 못한 채 언젠가 다시 떠야지 하며 프로젝트 백에 잠들어 있을 신세가 분명한 옷이다. 사실 뒤판을 뜰 때는 생각보다 할 만하다고 생각했다. 하지만 내가 오만했다. 앞판을 뜨기 시작하자 같은 걸 앞으로도 더 떠야 한다는 것에 첫 고비가 찾아왔다. 게다가 거의 완성이 다 된 시점에 앞판을 뜰 때 생긴 실수를 발견한 것이다. 뜨다가 틀린 걸 발견하면 풀어야 하는 것을 알면서도 풀기 싫어 함뜨방에 사진을 찍어 올린다. 모두가 다 괜찮다고 티 안 난다고 말해주면 그냥 모른 척 넘어가고 싶은 마음이 있기 때문이다. 하지만 내가 틀린 걸 참기 힘들어한다는 걸 아는 친한 뜨개 친구 하임님이 이렇게 말했다.

"어차피 결국 못 참고 풀 거잖아요. 그냥 빨리 풀어요."

맞는 말이지만 그냥 티 하나도 안 나는 것 같다고 해주지 좀 야속하기도 했다. 결국 풀고 새로 다시 뜨개를 해서 힘들게 바디를 완성을 했더니 팔이 남아 있었다. 두 번째 고비가 찾아왔다. 팔도 두개이므로 두 번을 떠야 한다. 팔을 뜰 때는 조각으로 보니 생각보다 길어 이게 과연 팔인가 다리인가 싶어 혼란스러웠다. 뒤판 1장, 앞판 2장, 팔 2장, 총 5장의 모든 조각들을 완성하고 나면 모든 편물을 연결하고 버튼 밴드 고무단이 남아 있었다. 이거 정말 끝나긴 하는 걸

Front Open Cardigan － アラン模様のウエアと小もの
ISBN-10: 4529058441
Soft Donegal from Studio Donegal

까? 대부분 기간 내에 완성을 했던 다른 함뜨들과 달리 이 함뜨는 여러 번 기한을 연장해야 했다.

모든 편물을 연결하고 버튼 밴드를 해주고 모든 실 정리까지 끝냈다. 아란 카디건엔 아란 단추를 달아야 한다는 남편의 강력한 주장으로 아란 단추를 구입해서 단추도 달았다. 야호~ 이제 정말 끝이다. 귀찮아서 뜨는 도중에는 옷을 잘 입어 보지 않는 나지만 이때만큼은 깃털같이 가벼운 몸이 되어 침대에서 내려가 옷을 입고 거울을 봤다. 내 생각에 탑다운 옷은 뜨개를 하기 편하긴 하지만 몸에 착붙는 핏감은 덜하다. 조각으로 뜨는 옷은 정말 힘들었으나 결과물을 보니 그동안 힘들었던 건 하나도 생각이 안 나고 '하나 더 뜰까?'

라는 생각이 들 정도로 예뻐 보였다. 옷도 편했고 완성도도 높았다. 물론 그 생각은 재빨리 접었다. 모든 함뜨가 기억에 나지만 이 함뜨가 특히 더 기억에 남는 이유는 물론 뜨는 과정이 힘들었기 때문도 있지만 이 옷을 뜨기 위해 많은 사람들이 노력했기 때문이다. 사이즈가 다양하지 않고 대부분 한 사이즈인 일서 도안 때문에 뜨개친구 꼼싹님이 여러 사이즈의 제도를 그려 줘서 함뜨에 참여한 사람들은 각자 자신의 몸에 맞는 사이즈로 뜨개를 할 수 있었다. 게다가 이 함뜨에 사용할 실을 뜨친 하임님이 아일랜드에서 한국으로 수입해주기도 했다.

그 외에도 야크 실로만 떠야 하는 "이크야크함뜨", 아란 블랭킷을 뜨는 함뜨는 살수 있는 블랭킷을 두고 굳이 기어이 뜨는 스스로 불러온 블랭킷 재앙을 초래했다며 이름 붙인 "스불블재함뜨", 한달에 양말 한 짝을 떠야 자유가 되는 "도비함뜨" 등 많은 함뜨를 진행했다. 최근 시작한 함뜨는 영국 니트웨어 디자이너인 마리 왈린 Marie Wallin 의 체스트넛 Chestnut 카디건 함뜨와 백의민족 함뜨이다.

마리 왈린의 체스트넛 카디건은 옷 전체를 배색 페어아일;Fair isle 해야 하는 옷이다. 우리는 조금이라도 편하게, 실 정리를 한 번이라도 덜하기 위해 어떤 방식으로 뜰 것인지 며칠동안 상의했다. 도안대로 뒤판, 앞판, 팔을 모두 평면으로 떠서 연결을 하는 방식으로 뜰지, 안뜨기 배색을 안 하기 위해서 원통으로 떠서 카디건의 가운데를 잘라주는 스틱 steek 기법을 이용할 건지 의견이 분분했다. 그때

Chestnut by Marie Wallin
British Breeds from Marie Wallin

함뜨방의 한 니터가 어차피 많은 실 정리로 인해 이 지옥이냐 저 지옥이냐 고르는 거라고 한 말이 계기가 되어 함뜨이름은 "이옥저옥함뜨"가 되었다. 나는 도안대로 모두 평면으로 떠서 연결을 하는 이 지옥을 선택해서 열심히 뜨개를 하다가 그냥 저 지옥으로 갈 걸 후회하기도 했다.

백의민족함뜨는 꽤 오래전부터 생각만 하던 함뜨이다. 저승사자함뜨와 반대되는 함뜨로 도안은 자유(앞서 말했듯이 팔이 있는 도안이어야 한다)이지만 이번엔 블랙 실 대신 화이트로만 옷을 떠야 하는 함뜨였다. 함뜨 모집 글을 올리고 나면 종종 이런 함뜨명은 어떻게 생각하냐는 질문을 받을 때가 있다. 어디선가 본 글인데 개발자가 하는 일의 30%는 작명에 대한 고민이라고 한다. 다른 개발자가 코드를 읽고 이해하는 시간을 최소화시킬 수 있는 클린 코드를 위해서는 가독성이 좋고 적절한 의미도 담겨야 하며 발음하기도 쉽게 클래스, 함수, 변수 등에 이름을 정해야 한다. 이름 짓기를 매일매일 성실하게 해 와서 그런 것인지는 모르겠지만 함뜨명을 지을 때 꽤 빛을 발했다.

물론 함뜨를 진행한다는 것이 생각만큼 간단한 일은 아니다. 모집 글을 올리기 전 어떤 도안으로 할 건지 기간은 얼마로 할 건지 신청은 언제부터 언제까지 받을 건지 등등 계획을 한다. 함뜨 모집 글을 올리고 나면 미리 오픈채팅방을 만들어 놓고 채팅방의 봇을 이용해서 함뜨 일정을 등록하고 신청일이 되면 신청을 받는다. 불법 도안 사용을 방지하기 위해서 도안을 구입했다는 인증을 받고 함뜨방의 링크를 공유한 뒤 참여자가 들어오면 함뜨가 시작된다. 바나함뜨는 서로 멀리 있어도 정말 함께 뜨개를 한다는 생각이 조금이라도 들었으면 하는 마음에 캐스트온 날짜를 정해두고 그날 같이 캐스트온을 하는 캐스트온 파티를 한다. 미리 시작하면 배신자다. 이렇게 내가 판을 깔고 이후 재밌는 함뜨가 될지 말지는 참여하는 니터들의 몫이라고 생각한다.

인잰가 뜨친으로부터 유료 함뜨를 진행해 돈을 버는 것도 아닌데 왜 함뜨를 진행하냐는 질문을 받은 적이 있다. 맞는 말이다. 처음 시작은 목마른 자가 우물을 파는 것처럼 함뜨가 없으니 내가 함뜨를 열었던 것뿐이다. 하지만 함뜨를 진행하면서 종종 함뜨에 참여한 니터들에게 고맙다는 장문의 메시지를 받을 때가 있다. 내 필요로 인해 시작한 함뜨였지만 누군가의 힘든 일상에 함뜨라는 존재가 큰 위로가 될 수 있다는 것을 알게 되었다. 물론 내 일상에도 큰 위로와 기쁨을 준다. 그리고 과거의 내가 그랬듯이 처음 뜨개를 시작하면 주변에 잘 아는 사람이 없다. 내가 그 만남의 장소를 제공하고 싶었 던 것 같다. 그리고 나는 함뜨를 통해 소중한 인연들을 많이 만났기 때문에 함뜨라는 것의 존재 자체가 이제 더없이 소중하다. 이 이야 기들이 내가 함뜨를 하는 이유에 대한 대답이 되었기를 바란다.

바나함뜨

그런 일은
하지 말았어야 했는데
그땐 그 사실을 몰랐네

내가 어쩌다 여기까지 왔는지는 모르겠지만 이 글을 쓰고 있는 지금, 현재 끝내지 못한 프로젝트가 총 19개나 된다. 19개의 프로젝트들과 그에 필요한 실들이 서로 섞이지 않고 필요할 때마다 바로 찾아 뜨개를 할 수 있도록 미완성 프로젝트들을 프로젝트 백이라고 부르는 가방에 넣어 보관한다. 프로젝트 백을 사용하면 언제든 프로젝트 백 그대로 들고나갈 수 있어서 편하고 가방 위에 전구 마커를 이용해서 스와치를 달아 두면 프로젝트 백을 열어보지 않고 어떤 프로젝트가 담겨 있는지 알 수 있다.

거창하게 프로젝트 백이라고 부르지만 어떤 가방이던 프로젝트를 넣어두면 그게 다 프로젝트 백이다. 가장 처음 사용한 프로젝트

백은 가방을 구입할 때 담아주는 더스트백이었다. 그 뒤 실을 사고 실가게에서 사은품으로 받은 에코백으로 업그레이드되었지만 나도 예쁜 천으로 만들어진 프로젝트 백이 갖고 싶었다. 만들어보고 싶었지만 미싱기가 없어서 만들지 못하고 있다가 인터넷에서 핸드 미싱기를 보았다. 스테이플러처럼 생긴 이 미싱기는 크게 공간을 차지하지도 않고 따로 미싱기 사용법을 배우지 않아도 박음질을 할 수 있어 유용해 보였다. 프로젝트 백도 만들고 스틱한 편물을 강화해 줄 때 사용할 요량으로 이 핸드 미싱기를 구입했다.

　프로젝트 백을 만들 천들이 도착하고 나서 프로젝트 백을 만들기 시작했는데 재단부터 문제였다. 나에게 있는 장비라고는 가위, 30cm 자 그리고 핸드 미싱기가 전부였다. 내가 원하는 사이즈는 30cm보다 컸기 때문에 30cm 자를 사용해서 힘들게 재단을 한 뒤 박

음질을 할 차례가 왔다. 하지만 광고와는 다르게 제대로 박음질하기가 어려웠다. 수전증이 있는 것도 아닌데 손에 들고 박음질을 하려니 삐뚤빼뚤 제멋대로 박음질이 되었다. 그리고 이 미싱기에는 뒤로 가기 없이, 앞으로 가는 기능만 있었기 때문에 튼튼하게 박음질을 할 수 없었고 끝의 실 매듭이 풀리기 일쑤였다. 찾아 보니 매듭은 결국 실을 길게 빼서 손 바느질을 해야 했다. 한 손에는 원단을 들고 한 손에는 핸드 미싱기의 버튼을 누르며 낑낑거리면서 박음질을 하자 점점 팔의 근육이 점점 아파오기 시작했다. '이럴 거면 왜 돈 들여서 핸드 미싱기를 샀나, 손바느질 하는 것이 훨씬 빨랐을 텐데' 라는 생각이 들었다. 나의 귓가에는 〈네모바지 스폰지밥 SpongeBob Squarepants 〉의 '찢어진 바지 송'이 울려 퍼졌다.

그런 일은 하지 말았어야 했는데 그땐 그 사실을 몰랐네 그렇다. 그런 일은 하지 말았어야 했다. 하지만 이상한 오기가 생겨서 5시간에 걸쳐 겨우겨우 가방 하나를 만들었다.

하나를 만들어 봤으니 두 번째 프로젝트 백은 빨리 할 수 있을지도 모른다는 희망과 또 구입한 원단이 아까워서 하나를 더 만들었다. 두 번째는 좀 더 빨라져서 3시간 정도가 걸렸다. 사실 3시간이나 5시간이나 그냥 하지 말았어야 했다. 그렇게 겨우겨우 가방 2개를 만들었더니 가방에 달 끈이 없었다. 끈으로 사용할 만한 게 있을까 싶어 집안을 뒤졌고 왜 있는지 모르겠지만 티셔츠 얀이 있길래 대충 그 실을 잘라 달고는 지쳐 쓰려져 잠이 들었다.

Aros Sweater by PetiteKnit
Holst Garn Coast

후에 더스트백도 소량으로 주문이 가능하다는 사실을 알게 되어 구입했는데 가격도 더 저렴했고 내가 원하는 로고로도 제작이 가능해 과거의 내가 더 미련해 보였다. What's done is done! 지난 일은 지난 일이다. 하지만 그 뒤로 나는 이유는 모르겠지만 프로젝트에 이상한 집착 증세를 보이며 프로젝트 백을 모으기 시작했다. 함뜨에서 만난 뜨친들과 함께 프로젝트 백을 주문 제작하기도 하고 인스타그램에서 뜨친님들이 만들어서 판매하는 프로젝트 백들을 구입하기도 했다. 물론 실을 구입할 때 그 실 브랜드에서 따로 파는 프로젝트 백이 있다면 어김없이 실과 함께 장바구니에 담겼다. 프로젝트 백이 많아서 문어발이 많아진 것일까? 문어발이 많아 프로젝트 백이 많이 필요한 것일까? 알다가도 모르겠다.

그런 일은 하지 말았어야 했는데 그땐 그 사실을 몰랐네

뜨개 유튜버가 되다

　게임을 하는 게임 유튜버, 좋아하는 음식을 먹는 먹방 유튜버 등 1인 크리에이터들이 넘치는 이 시대에 '뜨개 유튜버'도 있다. 뜨개를 하기 전에는 뜨개 유튜브나 뜨개로그라는 것의 존재조차 몰랐다. 유튜브는 일할 때 노동요를 틀어놓거나 한국방송의 클립 혹은 웃긴 영상을 보는 정도였고 10분이 넘어가는 영상은 잘 보지도 않았다. 게다가 긴 영상은 2배속으로 재생해서 보곤 했기 때문에 처음 뜨개로그를 보았을 때 한 시간이 넘어가는 것을 보고 이렇게 긴 영상은 대체 누가 보나 싶어서 꽤 놀랐던 기억이 있다. 그런 내가 정신을 차리고 보니 한 시간이 넘어가는 뜨개로그를 즐겨보고 생전 달지 않던 댓글을 다는 것도 모자라 직접 뜨개로그 영상을 올리는 뜨개 유튜버가 되었다.

영상을 꾸준히 올리다가 일상이 바빠져 영상을 예전처럼 자주 못 올리게 되었을 때가 있었다. 그때 남편은 새 영상이 올라오지 않냐며 초심을 잃었냐고 물었다. 나는 이렇게 대답했다.

"나는 뜨개로그를 올려서 이루고 싶은 목표도 없었고, 그냥 뜨개 이야기가 하고 싶어서 영상을 올린 것뿐이야. 그래서 난 초심이랄 게 없어."

이렇게 나는 뜨개로그를 보며 뜨개를 하다가 어느날 아침 자고 일어나 나도 한번 해볼까 하는 가벼운 마음으로 유튜브를 시작했다. 서랍장에서 방치되어 있는 카메라를 꺼내 제대로 된 삼각대도 없이 적당히 세워 두고 뜨고 있던 프로젝트들을 가져와 녹화 버튼을

눌렀다. 하지만 첫 시작을 뭐라고 해야 하지? 다른 사람들은 보통 뭐라고 하더라? 모르겠다. 일단 인사부터 하자 싶었다.

"안녕하세요! 바나입니다"

내가 왜 '바나'인지 의아한 사람도 있겠다. 나는 아일랜드에서 결혼한 후 남편을 따라 성이 카바나 Kavanagh 가 됐는데 주위 친한 사람들 중에 이를 줄여 바나라고 부르는 사람이 있다. 그래서 별 생각 없이 계정을 만들 때 바나라고 이름 붙였다. 이럴 줄 알았으면 좀 더 멋진 이름으로 지을 걸 그랬다.

보는 사람도 없고 듣는 사람도 없는데 카메라 앞에서 혼자 말을 이어가려니 긴장이 되고 여간 어색한 게 아니었다. 그래서 간단히 자기소개를 하고 나서 다짜고짜 내가 만든 프로젝트 백과 뜨고 있는 편물들을 보여주기 시작했다. 그렇게 영상을 찍은 뒤 편집을 하고 채널을 만들어 첫 영상을 올리는 데 반나절이 걸렸다.

집에 온 남편에게 영상을 찍어 올렸다고 자랑하자 남편은 집에서 뜨개 하는 영상을 누가 보냐고 했다. "누가 보긴~ 내가 보지!"라고 대답했을 만큼 영상을 올리고 가장 재밌게 본 사람은 아마 나였을 거다. 사실 이 영상을 몇 명이나 볼까 싶었지만 내 예상보다 많은 분들이 영상을 보고 댓글도 달아 줘 너무나 감사했다. 한두 개 올리다 말거라 생각한 남편과 달리 나는 생각보다 꾸준하게 영상을 올렸다. 조금씩 늘어가는 구독자수에 나보다 남편이 더 신난 것 같았다. 집에서만 뜨개를 하면 구독자들이 지루하지 않겠냐고 밖으로 나가서 영상을 찍어야 한다며 자꾸 나가길 원했다. 내 채널은 아일랜드 홍보 영상이 아니라 내가 뜨고 있는 것들을 공유하는 뜨개로그 영상이라고 했지만 남편은 그래도 나가서 양이라도 찍어 와야 하는거 아니냐고 했다.

뜨개로그를 하고 생각보다 꽤 많은 DM이 온다. 가끔은 유료 도안의 내용을 물어보거나 다짜고짜 구매 대행을 부탁하는 무례한 연락도 오긴 하지만 대부분은 영상을 잘 보고 있다는 응원의 메시지들이다. 만난 적도 없는 나라는 사람을 응원하고 있고 새 영상을 기다린다는 얘기를 들으면, 나는 타인에게 이렇게 따뜻한 마음을 나눈 적이 있었나 싶어 반성하게 됐고 더 좋은 사람이 되고 싶다고 생각했다. 가장 기억에 남는 연락은 미국에 사는 한 구독자의 아들로부터

날아온 재밌는 DM이었다. 도카이 에리카의 회전목마 카디건을 어머님도 뜨고 싶어 한다며 도안에 대해 문의하는 메시지였다. 책 도안이었기 때문에 도서 정보를 알려 드렸는데 얼마 뒤 실 정보도 물어보는 DM이 왔다. 뜨개를 모르는 아들에게 미션을 주는 어머니. 그리고 어머니의 미션을 수행하기 위해 노력하는 아들. 나에게 실례를 하지 않으려고 구구절절 사정을 설명하는 장문의 메시지를 나는 꽤 여러 번 반복해서 읽었다.

가끔 유튜브를 한다고 하면 많은 돈을 버는 것으로 오해하거나 협찬을 받기 위해 뜨개로그를 한다고 생각하는 사람들이 있다. 물론 구독자의 수가 수십만 명이 되는 유명한 유튜버들은 수익이 많겠지만 그들이 백화점이라면 나는 그냥 동네 구멍가게다. 유튜브로 인해 발생하는 수익은 실 한 타래 값도 안 나올 때가 대부분이고 나는 대개 내가 직접 구입한 실과 뜨개 도구로 영상을 찍는다. 거창하

게 뜨개 유튜버라고 하긴 했지만 내 뜨개로그의 목적은 소소한 일상과 함께 뜨개 이야기를 다른 니터들과 공유하는 자기만족용 영상일 뿐이다. 많은 구독자나 큰 수익을 원했다면 개발자라는 직업의 인기가 높아지고 있는 이 시점에 해외에서 일하는 한국 개발자라는 타이틀로 채널을 운영하는 게 훨씬 나았을 것이다. 내가 그동안 시청한 뜨개로그 유튜버들도 나처럼 자기만족 혹은 정보 공유의 목적으로 영상을 찍는 분들이 대부분이었다. 많은 시간을 할애해서 뜨개로그 영상을 찍고 편집하고 올리는 세상의 모든 뜨개 유튜버들을 응원한다.

장인은 도구 탓을 하지 않는다

장인은 도구 탓을 안 한다고 하지만 내 생각엔 장인 정도가 되면 이미 웬만한 도구는 다 갖추고 있기에 굳이 탓을 하지 않는 거라고 본다. 설령 그게 아니라고 하더라도 실력이 부족한 나 같은 사람은 도구 탓이라도 해야 한다.

어느 날 남편이 젓가락으로도 뜨개를 할 수 있냐고 물었다. 남편은 가끔 이렇게 뜬금없는 질문을 한다. 또 그런 질문에도 진지하게 대답해주는 내 모습이 스스로도 가끔 어이없을 때도 있지만 "할 수 있지 않을까? 한번 해볼까?"라고 답했다. 하지만 애써 젓가락으로 뜨개를 하기에는 이미 가진 바늘이 너무나도 많다. 뜨개를 시작하기 전에는 이렇게 다양한 종류의 바늘이 있는지 몰랐고 내가 이렇게 바늘을 많이 사게 될지는 더더욱 몰랐다. 대바늘에는 크게 원통으로 뜨냐 평면으로 뜨냐에 따라 줄바늘 Circular needles , 막대바늘 Single point needles 을 사용할 수 있다. 물론 줄바늘로도 평면을 뜰 수도 있다. 줄바늘은 바늘에 케이블이 고정되어 있는 바늘과 케이블이 분리되어 필요한 바늘과 케이블을 선택해서 사용할 수 있는 조립식 대바늘 Interchangable needles 이 있으며 4인치, 5인치, 5.5인치 등 케이블 팁 길이에 따라 다양한 바늘이 나온다. 소매처럼 통이 작은 경우에는 줄바늘을 매직루프로 이용해서 뜨거나 쇼티 짧은바늘 , 장갑바늘 DPN 을 이용해서 뜨기도 한다. 알루미늄, 메탈, 스테인리스, 아크릴 등으로 만들어진 바늘과 대나무, 로즈우드, 에보니 등의 나무로 만든 바늘이 있다는 것을 생각하면 정말 바늘 세계는 사도 사도 끝나지 않는 개미지옥과 같다.

　가장 처음 샀던 바늘은 프림 PRYM Circular Knitting Needles 으로, 대나무 바늘이었다. 사실 이렇게 오래 뜨개를 할지 몰랐기 때문에 비싼 바늘 세트를 구입하고 싶지 않았다. 또한 바늘 브랜드를 잘 알지도 못했다(계속 몰랐어야 했는데⋯⋯). 40파운드, 한화로 약 6만원 정도라서 낱개 구입보다 저렴하기도 했고 아마존 프라임으로 배송이 빠르다는 이유로 구입하게 된 첫 바늘 세트다. 이 바늘 세트를 이용해 옷을 3벌 정도 떴다. 이후 이 세트에는 작은 호수의 바늘이 없다는 것과 케이블이 딱딱하다는 핑계로 고민 끝에 케이블이 버터줄로 유명하다는 치아오구 세트를 구입했다. 딱딱한 케이블을 사용하다가 버터처럼 부드러운 줄로 뜨개를 하니 덩달아 내 실력도 업그레이드가 되는 것만 같았다. 역시 초보는 장비 빨이다.

그 다음 샀던 바늘은 무료배송 가격을 맞추려고 구입했던 씨니트 5.5인치 바늘이었다. 3개의 호수 사이즈로 구성된 미니세트였는데 비영어권의 사이트에서 구입하느라 사진만 보고 샀기 때문에 5인치 바늘을 구입한 줄 알았던 나는 5.5인치의 바늘 세트가 왔을 때 아주 당황했다. 까막눈은 슬프다. 바늘 케이블의 줄 걸림이 심하긴 했지만 바늘 자체가 너무 좋았다. 마치 무당이 작두를 탄 듯이 뜨개가 잘 돼 처음 손맛이라는 걸 느꼈고 딱히 취향이라고 할 게 없던 나는 이때부터 손맛최고! 나무바늘 최고!를 외치기 시작했다. 후에 씨니트에서 4인치 바늘 세트를 구입했는데 잉글리시로 뜨는 나에게는 4인치는 꽤 불편하게 느껴졌고 비싼 값을 치르고 내 손에는 5인치의 바

장인은 도구 탓을 하지 않는다

늘이 맞는다는 것을 알게 되었다. 그 후로도 니트프로, 라이키, 헷지호그 등 다양한 바늘을 구입하는 바늘 유목민으로 살았다.

HOLZ & STEIN 홀쯔 앤 슈테인 바늘
레이니닛츠 줄바늘, DPN홀더

그러던 중 우연히 외국인 니터의 블로그에서 악기를 만들고 남은 고급 목재가 아까워서 뜨개 바늘로 만들기 시작했다는 제품을 알게 되었다. 독일의 홀쯔 앤 슈테인 HOLZ & STEIN 이라는 바늘이었다. 바늘을 구입하기 위해서는 먼저 메일로 카탈로그를 요청을 해서 받은 뒤, 주문서를 작성해서 메일로 보내고 결제를 해야 하는 시대에 한참 뒤떨어진 옛날 주문 방식이었다.

고작 바늘 몇 개를 사면서 나는 부동산 계약이라도 하는 사람처럼 처음부터 끝까지, 그것도 여러 번 카탈로그를 읽고 또 읽었다. 신중하게 주문서를 작성하고 페이팔로 결제하니 약 2주 후에 에보니 흑단 , 로즈우드, 킹우드 바늘이 집으로 배달됐다. 추가로 금액을 지불하면 아주 뾰족한 레이스 팁으로 주문할 수 있었는데 그 바늘을 본 남편은 이건 뜨개 바늘이 아니라 흉기라고 했다. 그런 일은 없어야겠지만 평소에는 바늘로 잘 쓰다가 집에 강도가 들거나 하면 무기로 써야겠다고 생각했다.

나무 바늘은 나무 종류에 따라 다른 느낌이 나는데 나는 로즈우드의 사각사각거리는 느낌과 소리가 너무 좋았다. 옷을 주로 뜨는 나에게 조립식 바늘이 아니라는 점이 아쉬웠지만 케이블보다는 팁이 중요했던 나는 그 뒤로도 많은 주문을 넣었다. 그렇게 로즈우드에 빠져 포니의 로즈우드 바늘 세트도 구입했다. 같은 로즈우드지만 단단한 로즈우드 바늘과 달리 포니의 로즈우드는 버터처럼 부드러운 팁이었다. 대신 포니의 케이블 바늘은 '케이블보다는 팁이 중

요해!'라고 생각했던 나조차 정말 참기 힘들었을 정도로 어떤 실로 뜨냐에 따라 천국과 지옥을 다녀올 수 있는 케이블이었다. 이밖에 치아오구 밤부, 클로버, 타쿠미 밤부, 캐리씨롱 많은 바늘을 구입하다가 운명 같이 히야히야 바늘을 만났다.

히야히야 바늘이 좋다는 이야기를 간간이 듣긴 했지만 인감 도장집 같은 케이스가 참을 수 없을 만큼 맘에 들지 않아 전혀 관심을 두지 않았다(예쁘다고 생각하는 사람들의 취향도 존중한다). 이렇게 바늘의 팁이면 팁, 케이블이면 케이블 내 취향을 100% 만족시키는 바늘을 만들었지만 히야히야는 다 된밥에 재 뿌리기도 아니고 완벽한 바늘에 인감 도장집 혹은 김장 조끼를 던지는 실수를 했다. "왜 히야히야를 가장 나중에 샀을까? 그렇지 않았다면 다른 바늘을 사느라 돈을 많이 쓰지 않아도 됐을 텐데"라는 말에 한 뜨친은 "히야히야 먼저 샀어도 다른 좋은 바늘이 더 있을지도 모른다고 결국 다른 바늘도 또 샀을 걸"이라고 했다.

사실 이 챕터를 쓰기 전에 바늘을 사라고 조장하는 글이 되지는 않을까 어떤 식으로 내용을 풀어야 하나 고민을 많이 했다. 하지만 그냥 솔직히 내가 산 바늘을 쓰며 느낀 점들을 얘기하고 싶었다. 그리고 바늘에 누구보다 많은 돈을 쓴 사람으로서 굳이 그렇게까지 할 필요가 없다는 내용을 전달하고 싶었다. 니터들 중에서는 바늘을 아무거나 마음에 드는 걸로 한 세트면 충분하다는 니터, 그냥 바늘이 예쁘기만 해도 된다는 니터, 무조건 세트로 구입해야 한다는 세

장인은 도구 탓을 하지 않는다

트병에 걸린 니터, 그리고 나처럼 이 바늘 저 바늘 다 써봐야 직성이 풀리는 니터가 있다. 어떤 바늘을 쓰든 취향을 타지 않는 사람이라면 일단 축하한다는 말을 전하고 싶다. 하지만 나처럼 이 바늘 저 바늘 다 써 봐야 직성이 풀리는 니터라거나 세트병에 걸려 자꾸 세트를 구입하는 니터라면 부디 진정하라고 전하고 싶다. 바늘은 취향을 아예 안 타거나 아주 많이 타는 장비이다. 남에게 아무리 훌륭한 바늘이라도 내 손에 맞지 않는다면 그 바늘은 500원짜리 바늘보다 못한 바늘이 된다. 특히 옷을 뜨는 니터라면 분명 내가 선호하는 편물의 느낌과 자주 쓰는 호수의 바늘이 생긴다. 나의 경우에는 4mm의 바늘로 자주 뜬다. 그렇기 때문에 세트가 이미 있다면 무조건 세트로 다 구입하지 말고 개별 구입을 하는 것을 추천하고 싶다. 모두들 현명한 소비를 하시길 바란다.

장인은 도구 탓을 하지 않는다

아란 스웨터와 아일랜드 실

    뜨개를 시작하고 아일랜드에서는 각 집안 Clan 의 고유한 패턴으로 스웨터를 짜기 때문에, 과거에는 어부가 바다에서 사망했을 경우 입고 있는 스웨터로 시체를 식별할 수 있었다는 이야기를 들었다. 나는 아일랜드 남자와 결혼을 했다. 남편의 집안에도 아란 무늬가 있을까 하는 호기심으로 검색 해보니 가문을 상징하는 문장 Crest 와 패턴을 함께 액자로 만든 상품부터 가문의 패턴으로 만든 아란 스웨터 등을 판매하는 것을 쉽게 찾을 수 있었다.

    '와~ 신기하다 진짜 있었구나!' 호들갑을 떨며 남편에게 보여 주었다. "오, 이거 우리 집안 전통의 아란 무늬잖아"라고 남편이 대답하면 하는 거 봐서 하나 떠 줄 수도 있다며 생색낼 참이었는데 예상과 달리 남편은 전혀 모르고 있었다. 아일랜드 친구들의 성으로도 아란 무늬를 찾아 친구들에게 보여 주었지만 모두가 남편과 같은 반응을 보였다. 아무리 뜨개가 인기있는 취미는 아니더라도 어떻게 단 한 명도 모를 수 있을까 싶어 의아했다.

그렇게 시간이 흘렀고 책 원고 작업을 위해 글을 쓰면서 아란 스웨터에 대해 찾아보던 중 조금 이상한 것을 발견했다. 아란 스웨터를 판매하는 곳에서 모두가 입을 모아 홍보하는 집안의 아란씨족 Clan Arans 에 관한 정확한 레퍼런스를 찾을 수가 없었다. 이럴 때 사실을 확인하는 가장 좋은 방법은 현지인에게 알아보는 것이다. 그래서 평소 팔로잉을 하고 있던 아란 섬에 살고 있는 아란 스웨터 디자이너에게 연락을 했다.

Honeycomb Aran by Gayle Bunn
Drops Nepal

그녀의 대답에 따르면 각 집안에 아란 무늬가 있다는 건 아일랜드의 극작가 존 싱 John Synge 의 논픽션 『The Aran Islands』에서 시작된 오해였다. 그 책에는 익사한 섬 주민이 워낙 오랫동안 바다에 있어 시신을 식별할 수는 없었지만 그의 어머니는 아들이 입고 있던 스웨터로 아들을 알아볼 수 있었다는 내용이 있다. 하지만 그것은 그 스웨터를 직접 뜬 사람이 어머니였기 때문에 옷으로 아들을 알아볼 수 있었던 거지 그 스웨터에 사용된 패턴이 집안 고유의 무늬 때문인 것은 아니라고 한다.

또한 그녀가 보내 준 책의 일부분에 따르면 다이아몬드 패턴을 좋아하는 한 니터가 그 패턴을 가운데 Central penels 에 배치해서 스웨터를 뜨고 다른 가족들도 비슷한 디자인으로 옷을 뜬다. 그리고 그 유니크한 패턴은 딸과 손녀들에게 전해지기도 한다. 하지만 아일랜드 가문에는 각자의 고유한 아란 패턴이 있기 때문에 그 패턴으

아란 스웨터와 아일랜드 실

로 시체를 식별했다는 것은 오늘날 아란 스웨터를 판매하는 회사에서 마케팅으로 활용한 신화인 것이다. 남편이 자기 집안의 아란 패턴을 모른다고 했을 때 사실은 아이리시 집안 아니라 잉글리시 집안 출신 아니냐고 놀렸던 게 새삼 미안해졌고 알 수 없는 배신감이 들었다.

Aran Sweater Market
115 Grafton Street, Dublin 2, D02 XK03

과거에 험난한 대서양에서 고기를 잡아야 했던 어부들에게 아란 스웨터는 생존과도 관련이 있는 옷이었을지 모르지만, 오늘날의 아란 스웨터는 그저 패션의 일부가 되었다. 그리고 현재 아란 스웨터는 아일랜드의 주요 관광상품 중 하나가 되었다. 더블린 시티를 비롯하여 관광지에는 어행지들을 위한 기념품 가게들이 많이 있다. 가게들은 아일랜드 실로 만든 스웨터, 카디건, 모자, 장갑 등 다양한 디자인의 아란 제품을 판매한다.

Front Open Cardigan － アラン模様のウエアと小もの
ISBN-10: 4529058441
Soft Donegal from Studio Donegal

아일랜드 실 브랜드 중에는 전통을 이어가고 있는 스튜디오 도
네갈 Studio Donegal 이 있다. 스튜디오 도네갈 사이트에 따르면
그 시작은 1930년대에 그 지역 최초로 설립되었던 양모공장 라운
드 타워트위드 Round Tower Tweeds 였다. 1960년 방직기의 도입으
로 1970년대 초에 이르러서는 손뜨개는 중지되었고 그 후 골웨이로
사업장이 옮겨지며 새로운 브랜드 코네마라 패브릭스 Connemara
Fabrics 가 되었다고 한다. 1970년대 후반 스튜디오 도네갈이 생겨났
고 케빈은 스튜디오 도네갈을 관리하고 개발하기 위해 고용되었다.

아란 스웨터와 아일랜드 실

1980년대에는 아일랜드의 섬유 산업은 전국적으로 공장 폐쇄와 함께 쇠퇴했는데 코네마라 패브릭스도 1987년 스튜디오 도네갈의 폐쇄를 결정했다. 그때 케빈과 그의 아내 웬디는 손으로 짜는 전통을 보존하기로 결심한 뒤 스튜디오 도네갈을 인수하여 오늘날 스튜디오 도네갈은 그들의 아들 트리스탄이 물려 받았다. 모든 트위드를 손으로 짠다는 가치를 유지하면서 카딩, 방적, 수제 의류제조와 함께 뜨개실도 판매하는 작은 양모공장 그곳이 바로 스튜디오 도네갈이다.

스튜디오 도네갈에서 생산하는 실은 여러 가지가 있지만 가장 많이 사용하는 실은 워스티드 Worsted 굵기의 소프트 도네갈 Soft Donegal 이다. 거칠어 보이는 것과 달리 메리노 100%의 실로 만들어진 제품이다. 소프트 도네갈의 실과 마찬가지로 워스티드 굵기의 실이지만 울 100%로 좀 더 러스틱한 도네갈 스피닝 컴퍼니 Donegal Wool Spinning Company 의 실도 있다.

일서의 아란 카디건을 뜨는 기네스 함뜨를 할 때 바로 이 소프트 도네갈 실을 사용했다. 함뜨를 하기 전에 이 실은 한국에서는 구입할 수 없었는데 친하게 지내는 뜨친인 하임님이 이 실을 한국으로 수입해 지금은 한국에서도 구입할 수 있는 실이다. 한 가지 재미있는 일이 있다. 이 실이 한국으로 수입되기 전 도네갈 스피닝 컴퍼니에는 브라운 컬러의 실이 있었다. 브라운을 좋아하지 않는 나지만 한 눈에 반해서 브라운 실을 구입했다. 그리고 그 실을 본 뜨친도 사고 싶어 했다. 뜨친의 부탁으로 실 가게에 있는 모든 재고를 탈탈 털어 한국으로 보내 주었다. 나는 나중에 또 사면 된다고 생각했다. 하지만 그 컬러는 그 뒤 바로 단종이 되었고 나는 스웨터를 뜰 수 있는 만큼의 양은 구매하지 못한 탓에 그 실을 그저 감상하듯 바라만 보고 있다.

아란 스웨터와 아일랜드 실

Studio Donegal Soft Donegal,
Donegal Wool Spinning Company

아보카도 40개 까보셨어요?

　우연히 처음 핸드다잉 얀을 봤을 때는 예쁜 실의 컬러에 손이 떨렸고 가격을 확인한 후에는 너무 비싼 가격에 다시 한 번 손이 떨렸다. 그 실은 덴마크의 레이디버그 얀에서 염색한 모헤어로 은은하게 깔린 핑크빛, 그리고 파란색과 흰색이 함께 어우러져 바닐라 스카이라는 이름에 딱 맞는 컬러였다. 모니터 속의 실은 "저를 사주세요! 지금 저를 사셔야만 합니다!"라고 외치고 있었다.

　내 옷을 뜰 때 메리야스 뜨기만 한다는 가정 하에 보통 필요한 미터 수는 1,200미터이다. 핑거링의 굵기로는 400미터의 실 3타래, 합사할 모헤어 400미터의 3타래로 총 6타래가 필요하다. 6타래의 실 가격과 배송비까지의 가격을 계산하고는 "아니야, 넌 너무 비싸 살

Ladybug Yarn Silk Mohair & Undyed SW

수 없어"라며 애써 외면했지만 이미 첫 눈에 사랑에 빠진 나는 구매 버튼을 누르고야 말았다. 손으로 염색한 실 즉 핸드다잉 얀은 식물, 곤충 등의 천연염료, 산성염료 등의 염료, 재료를 이용해서 다양한 베이스의 실로 염색한다. 여러 가지의 색이 랜덤하게 뿌려져 있는 스페클드 실 Speckled Yarn , 여러 가지 대비되는 색상으로 염색된 베리게이티드 실 Variegated Yarn , 한 컬러로 염색을 했지만 밝은 부분과 어두운 부분이 있는 세미 솔리드 실 Semi-Solid Yarn , 일정하게 한 컬러로 유지되는 솔리드 실 Solid Yarn 등 다양한 방법으로 염색 된다. 같은 컬러로 염색을 하더라도 다이어마다 특유의 색감이 있어 하늘 아래 같은 컬러는 없음을 보여주는 핸드다잉 얀은 정말 매력적이다. 게다가 요즘은 클릭 몇 번으로 전 세계 다이어들의 핸드다잉 얀을 구경할 수 있는 좋은 시대다. 하지만 견물생심이라고 보고 나면 사고 싶고 결국 결제까지 해버리는 탓에 통장의 잔고는 점점 줄어들어갔다.

언다이드 얀 혹은 베어 얀이라고 부르는, 염색이 되어 있지 않은 실을 구입해서 염색하면 좀 저렴하게 핸드다잉 얀을 가질 수 있고 유튜브에서 염색하는 과정을 보니 꽤 재밌을 것 같아 집에서 염색을 해 보기로 했다. 처음 도전한 방법은 인터넷 서칭 중 알게 된 방법으로 티백으로 염색하는 방법이었다.

보통 염색을 오래 지속하기 위해서는 매염제 Mordant 와 산성염료를 사용하지만 일반 가정집에 그런 게 있을 리가 없으므로 산성염료 대신에 티백, 매염제 대신에 식초를 사용하기로 했다. 눈을 뜨자마자 홍차(아일랜드에서는 블랙티, 줄여서 그냥 티라고 부른다)를 마시는 아이리시 남편 덕분에 집에는 티백이 항상 여유롭게 있어서 입문용

아보카도 40개 까보셨어요?

으로는 최적의 재료였다. 식초를 물에 희석해서 한 시간 정도 실을 담가 염색 준비를 시작한다. 티백을 뜨거운 물에 우린 후 식초물은 버리고 준비된 실을 티백 우린 물에 담가 뒀는데 친구들에게 보여주니 메밀국수 해먹냐고 했다. 약 한 시간 정도가 지난 후 실을 세탁하면 되는데 샤워실에서 쪼그리고 앉아 실을 물에 헹구고 실에서 물을 짤 때는 일어나는 과정을 반복했다. 실을 세탁하는 건지 스쿼트를 하는 건지 모를 정도로 힘들었지만 결과는 매우 만족스러웠다.

첫 염색에 성공한 후 며칠 뒤 장을 보러 마트에 가서 과일을 고르다가 아보카도를 보고 남편에게 전화를 했다.

"아보카도로 실 염색해 보고 싶어! 바로 실을 사러 가야 하니까 지금 마트 앞으로 데리러 와줘."

착한 우리 남편은 아보카도로 뭘 하겠다는 건지 이해도 못한 채 나를 데리러 왔다. 아보카도로 실 염색을 하겠다는 나의 설명에 쉽게 편히 구입할 수 있는 실을 왜 힘들게 굳이 직접 염색해야 하냐며 이해를 못 하는 눈치였다. 사실 나도 살 수 있는 걸 굳이 힘들게 하려는 스스로의 행동이 이해가 안 되면서도 아보카도로 염색하면 어떤 결과가 나올지 궁금해서 참을 수가 없었다. 내가 이렇게 실험 정신이 투철한 사람인 줄 알았다면 과학자가 될 걸 그랬다. 실 가게에서 돌아온 후 아보카도의 씨앗과 껍질을 얻기 위해서 아보카도 20개

를 손질하기 시작했다.

　먼저 아보카도를 반으로 잘라 씨앗을 빼고 껍질과 과육을 분리했다. 껍질에 과육이 남아 있으면 안 된다고 하여 껍질에 남아있는 과육을 숟가락으로 다 긁어줬다. 씨앗과 껍질을 깨끗이 씻으면서 어릴 적 엄마의 말이 생각났다. 어린 시절 집에서 엄마가 빵을 만들어줬다는 친구의 자랑을 듣고 집에 가서 우리도 빵 구워 먹자고 엄마를 졸랐지만 엄마는 빵은 전문점에서 사 먹는 거라고 하셨다. '역시 전문가가 따로 있는 건 굳이 집에서 힘들게 하는 게 아니구나! 핸드 다잉 얀은 사는 게 맞다'라는 생각이 몰려와 후회가 됐다. 이미 돌이키기에는 많이 늦었다. 이대로 결과물 없이 아보카도 20개만 먹고 싶진 않아 그대로 진행하기로 했다.

　다음 과정은 깨끗이 씻은 아보카도의 껍질과 씨앗으로 물을 우려야 하는데 이때 중요한 건 물이 끓어서는 boiling 안 되고 시머링 simmering; 물이 끓을 듯 말 듯 하는 상태 상태를 유지하는 거라고 했다. 라면을 끓이려고 물을 올렸을 땐 물이 끓을락 말락 해서 스프를 들고 초조한 마음으로 대기할 때의 상태, 그것이 바로 시머링이다. 아보카도의 껍질과 씨앗으로부터 색깔이 잘 우러나오고 있는지 확인하기 위해 쉴 새 없이 주방을 들락날락거렸다. 곰탕 끓이는 걸 몇 시간이고 지켜보면 맛있는 사골 국물을 맛볼 수나 있지 먹을 수도 없는 아보카도 물을 위해 써야 하는 시간이 아까웠다. 게다가 3시간 이상을 우렸지만 컬러는 옅어 보였고 또 실의 양에 비해서 우린 물은 모자라 보였다. 새벽시간이 아니었다면 당장 마트로 달려가 아보카도를 더 사왔을 테지만 더 이상 내가 할 수 있는 게 없었다.

그만하기로 하고 아보카도 우린 물에 실을 담가 봤다. 하지만 불행한 예감은 빗나가지 않았다. 실 양에 비해 아보카도 우린 물의 양이 너무 적었던 것이다. 가뜩이나 옅은 컬러에 물을 조금 더 추가하니 더 옅어 보였지만 너무 힘들어서 그만 자러 갔다. 다음날 아침 결과가 궁금해서 눈이 번쩍 떠졌고 재빠르게 부엌으로 달려가 실을 가지고 마당으로 나갔다. 그리고 나는 다시 한 번 확신할 수 있었다. 망했다. 색이 옅어도 너무 옅었다. 그 길로 씻지도 않고 나가서 아보카도를 더 사왔다. 투덜대며 다시 아보카도 20개를 더 손질하고 아보카도 물을 우렸다. 비 맞은 생쥐처럼 하루 종일 투덜대며 어제 저녁에 했던 과정을 한 번 더 반복해서 아보카도 우린 물을 만들었고 반나절 정도 실을 담가 뒀다가 세탁을 했다. 결과는 전날에 비하면 만족스러웠다. 고생스럽긴 했지만 내가 직접 염색한 실로 옷을 떠서 입는다는 건 정말 의미 있는 일이었다. 근데 뭐 딱 거기까지다.

Rococo Pullover by Sari Nordlund

　내가 들였던 시간과 노력을 시급으로 환산하면 '도대체 그만큼의 가치가 있었을까'라는 후회 섞인 생각은 지우기가 힘들다. 실을 우린 물에 담가 놓은 시간은 제외하더라도 아보카도 손질과 물을 우리는 데 약 5시간을 사용했다고 가정한다면 같은 '짓'을 두 번 반복했으니 10시간. 그리고 세탁하는 데 약 1시간, 뒷정리하는 데 약 2시간으로, 최소 13시간 정도를 사용했다.

아일랜드 최저시급 약 14,000원 X 13시간 시급 = 182,000원

250그램(520미터) 한 타래 약 31,000원 X 3타래 구입 = 93,000원

게다가 식초, 아보카도, 전기세 등등

그리고 먹어 치워야 할 남은 애물단지 아보카도 40개.....

핸드다잉 얀은 사는 것이다!

그리고 난 아보카도 40개를 먹은 뒤

단 한 번도 아보카도를 먹지 않았다.

아보카도 40개 까보셨어요?

니팅 페인

개발자는 반복을 싫어한다. 코드를 짤 때 최대한 반복과 중복을 피하며 기능을 수행할 수 있는 코드를 짜고 코드를 리팩토링 **Refactoring; 겉으로 보이는 동작을 바꾸지 않으면서 내부 구조를 수정·개선하는 방법** 한다. 하지만 퇴근 후에는 모순적이게도 같은 동작을 계속 반복해야 하는 뜨개를 한다.

실을 오른손 검지에 감고 오른손에 들고 있는 바늘을 왼쪽 손이 들고 있는 바늘에 걸려 있는 코의 구멍에 찔러 넣고 싫음 시계 반대 방향으로 돌리고 오른쪽 바늘을 빼면서 루프를 만들고 그 루프를 오른쪽 바늘에 건다.

이렇게 하면 한 코가 만들어진다. 찌르고! 실 돌리고! 루프를 만들면서 바늘 빼기 이 반복적인 행동을 수백, 수천 번 반복해야 비로소 옷 한 벌을 완성할 수 있다. 이렇게 같은 동작을 반복하는 니터들은 건초염 Repetitive Stress Injury; 근육과 뼈를 연결하는 결합 조직, 건을 둘러싼 건초에 염증이 생기는 것으로 주로 손목이나 손가락에 발병 에 취약할 수밖에 없다.

식욕, 수면욕, 성욕 인간의 3대 욕구와 더불어 니터에게는 뜨개하고 싶은 욕구가 있다. 뜨개가 하고 싶은데 할 수 없는 것은 다이어트를 할 때 식욕을 눌러야 하는 것처럼 괴로운 법이다. 평소 '손목은 내 밥줄이다!'를 외치며 틈틈이 스트레칭을 해주는 습관이 있어서 그런 건지, 그냥 타고나길 소위 말하는 용가리 통뼈인 것인지, 아직까지 운이 좋은 것일 뿐인지는 알 수 없지만 나는 다행히도 매일 장시간의 뜨개를 하면서도 아직까지는 손이 아팠던 적은 없다.

하지만 내 피부는 성할 날이 없다. 나는 러스틱한 실을 좋아하고 자주 사용한다. 가뜩이나 예민하고 약한 내 피부인데 작년 겨울에는 러스틱한 실로 너무 뜨개를 오래 해서 검지가 찢어지기도 했다. 그래도 뜨개가 하고 싶어서 손가락에 밴드를 붙이고 계속 이어서 했다. 피부가 좀 아물려고 하면 밴드가 답답해서 떼고 또 뜨개를 하다 찢어지고 또 밴드를 붙이며 겨울을 보냈다. 손가락이 조금 찢어져도 실을 거는 손가락이 아픈데 손목이나 다른 부위가 아파서 뜨개를 못한다는 생각은 상상만으로도 너무 슬프다.

니터들은 항상 손목 건강에 써야 한다. 지금 괜찮다고 해서 1년, 5년 뒤에도 괜찮을 거란 법은 없다. 그래서 꼭 따로 시간을 내서 건초염 스트레칭을 하면서 미리미리 예방해야 이로부터 자유로워질 수 있다. 유튜브에 건초염 스트레칭 혹은 'RSI hand exercises / stretches'로 검색하면 전문가가 알려주는 운동 방법을 배울 수 있다.

그럴 때 나는
양말을 캐스트온 한다

뜨개를 그 누구보다 열심히 하고 있다고 생각하지만 완성 프로젝트 FO 가 한참 동안 안 나올 때도 있다. 스스로 그 이유를 너무나 잘 알고 있다. 너무 많이 먹으면 살이 찌듯이 뜨고 싶다고 다 캐스트온 을 해 버리니 완성작이 안 나오는 것이다. 완성작이 나오지 않아 진 행중인 프로젝트 WIP 을 정리한 플래너를 보며 최대한 빨리 완성시 킬 수 있는 프로젝트를 확인해 본다. 그리고 문어발 수가 반으로 줄 어들기 전까진 절대 새 프로젝트를 캐스트온 하지 않겠다는 다짐 도 잊지 않는다. 요즘 유행하는 MBTI에 따르면 나는 계획을 세우고 행동하는 것을 선호하는 ISTJ 유형이다. 약속이 2시일 경우 준비하 는 데 한 시간, 나가서 차 타는 데 10분, 약속 장소로 가는 데 30분으로 1시간 40분이 소요된다고 가정하고 만약의 교통체증을 고려해서 20분을 더해 12시에 준비를 시작한다. 나는 이렇게 계획적으로 사는 걸 좋아하고 또 그렇게 살려고 노력하는 사람이다. 당분간 캐스트온을 하지 않겠다고 다짐하며 빠른 FO를 위한 뜨개 순서를 계획해도, 그냥 취미만이라도 좀 하고 싶은 대로 마음 가는 대로 하는 게 뭐 어떠냐는 반발심이 들어 또 다른 캐스트온을 해버린다. 체중을 본 후 다이어트하겠다고 결심하지만 오늘까지만 먹고 내일부터 다이어트하겠다는 거짓말을 하는 것처럼 캐스트온을 안 하겠다는 거짓말을 주기적으로 반복한다. 하지만 다이어트할 때 프라이드 치킨 대신 오븐에 구운 닭 정도는 괜찮지 않은가? 그래서 나는 옷 캐스트온이 정말 무리일 때 양말을 캐스트온 한다. 양말! 괜찮지 않나?

입고 다녀야 하는 옷을 캐스트온 하기 전에는 내가 이 옷을 떠서 과연 입고 다닐 것인지, 힘들게 떠서 입고 다니기에 수치스럽지 않을지 신중하게 도안과 실을 골라야 한다. 하지만 양말은 집에서 나와 남편만 보거나 밖에 신고 나간다고 해도 신발 때문에 잘 보이지 않기 때문에 평소 옷으로는 절대 뜨지 않을 법한 과감한 컬러나 패턴을 고를 수 있다. 게다가 아일랜드의 난방 방식은 온돌 난방인 한국과 다르게 바닥이 차갑다. 요즘 새로 짓는 집들 중 온돌을 까는 집들도 더러 있긴 하지만 대중적인 난방 방식은 아니다. 그래서 겨울에는 집에서도 대부분 양말을 신고 있다. 혹시 주변에 방학이나 휴가를 맞아 한국을 다녀갈 때마다 양말을 사는 사람을 본 적이 있는

Between petals socks by Teti Lutsak
Nutiden from Höner och Eir

가? 한국의 양말은 저렴하고 질도 매우 훌륭해서 오래 신을 수 있다. 하지만 외국에서, 적어도 이곳 아일랜드에서 판매하는 양말의 질은 한국산 양말에 비해 많이 떨어진다. 별로 따뜻하지도 않고 질도 별로인 일반 양말을 신던 나에게 뜨개 양말은 따뜻하고 포근함을 주는 동시에 캐스트온을 하고 싶은 욕구도 채워줄 수 있고, 완성하기만 하면 양말도 생기니 1석3조인 셈이다.

양말 뜨개는 평면으로 뜬 뒤 이어주는 투 니들 삭스 Two Needle Socks 등의 방식도 있긴 하지만, 크게 발가락부터 시작해서 발목으로 올라가는 토업 Toe-Up 방식과 반대로 발목부터 시작해서 발가락에서 끝나는 커프다운 Cuff-down 방식으로 많이 뜬다. 옷으로 따지

자면 신어보면서 뜰 수 있는 토업은 탑다운, 커프다운은 바텀업과 비슷한 방법이다. 주로 커프 다운 방식으로 양말을 뜨다가 처음으로 토업 양말을 뜰 때는 발가락도 겨우 들어갈 만한 작은 사이즈인데도 신기해서 뜨고 있던 양말을 몇 번이나 신어 봤는지 모른다. 옷에 비하면 한참 작은 사이즈지만 양말을 뜰 때도 페어아일를 하고 케이블 무늬도 넣을 수 있다. 옷과 달리 양말은 둘레가 작기 때문에 줄바늘을 사용해서 매직루프 기법을 이용하거나 양쪽이 뾰족한 5개의 바늘로 구성되어 있는 DPN Double Pointed Needles 혹은 바늘의 팁과 케이블이 모두 짧은 양말바늘을 이용해서 뜬다. 나는 DPN으로 뜨는 걸 좋아한다. 특별한 이유는 없다. 그냥 그게 제일 멋있어 보이기 때문이다.

게다가 많은 양의 실이 필요한 옷과는 달리 양말은 100그램 정도의 실로 한 켤레를 완성할 수 있기 때문에 실 구입에 있어서 옷을 뜰 때보다는 부담이 덜하다. 양말을 뜰 때는 울 100%의 실을 사용해도 되지만 울 실은 구멍이 더 쉽게 생길 수 있기 때문에 핑거링 굵기에 나일론이나 아크릴이 혼방되어 있고 세탁기에 돌릴 수 있는 슈퍼워시 처리가 된 삭얀 Sock Yarn 을 많이 사용하는 편이다. 만약에 울 100% 실 등으로 양말을 떠서 구멍이 생긴다면 버리지 않고 우븐 패치 Wooven Patch , 듀플리케이트 스티치 Duplicate Stitch , 니트 온 패치 Knittted on Patch 등의 방법을 이용해 다닝 Darning 을 해서 구멍을 메우고 신으면 된다. 아직 내가 뜬 양말들은 구멍이 난 적이 없어 다닝을 하지 않았지만 쉽게 사고 쉽게 버리는 현대 사회에서 양말을 직접 떠서 신는 것도 환경 보호를 위해 할 수 있는 좋은 방법이 아닐까?

Garia by Erika Lopez A – Filcolana Arwetta
Knit Soxx for everyone by Kerstin Balke SOXX8 – Filcolana Arwetta, Lang Jawoll

사는 속도는
뜨는 속도를 따라오지 못한다

"More yarn?"

(또 실이야?)

얼마 전에 구입한 실이 드디어 도착했고 신나게 택배 상자를 뜯는 걸 본 남편이 지나가다 한 말이다. 뜨끔했다. 뜨는 취미, 실 사는 취미로 두개의 취미를 즐긴다고 말하는 니터들이 많다. 나 같은 경우 처음에는 도안을 정하고 그에 맞춰서 실을 구입하는 편이었다. 즉 뜨개를 하기 위해 실을 구입했기 때문에 저 말을 이해할 수 없었다. 실을 많이 사긴 했지만 나는 다 계획이 있어서 구입하는 거니 내가 하는 건 로맨스 남이 하는 건 불륜으로 내 소비는 현명한 것이라

고 착각했다.

　빠르게 변하는 유행에 따라 값싸고 대량 생산되는 패스트 패션의 등장으로 한 해 만들어지는 옷은 1,000억 벌이고 버려지는 옷은 330억 벌정도라고 한다. 천억 벌이라는 게 얼마나 많은 양인지 감이 잘 오지 않는 사람들을 위해 비유적으로 예시를 들어보자면 대한민국의 모든 국민이 대략 2년 동안 매일 삼시 세끼를 자장면으로 먹을 수 있는 엄청난 양이다. 과도한 대량생산으로 쉽게 소비되고 버려지는 옷들 때문에 낭비되는 물, 화학물질과 염료로 인한 오염 등의 환경문제와 노동력 착취 등의 인권문제가 발생했고, 지금 이 순간도 계속해서 문제가 생긴다. 국제노동기구 ILO 에 따르면 약 1억 7,000만 명의 어린이들이 직물과 의류를 만드는 일을 한다고 한다. 이런 배경으로 인해 지속가능한 패션인 슬로우 패션에 대한 관심이 높아지며 뜨개에 대한 관심도 덩달아 높아지고 있다.

그렇게 슬로우 패션을 지향한다고 하면서 실을 사는 속도는 뜨는 속도를 따라가지 못했고 도안을 정하지 않고도 실을 구매하는 빈도 역시 늘어났다. 패스트 패션을 소비하지 않기 위해 뜨개를 해서 옷을 입겠다면서 당장 다 뜨지도 못할 실을 필요 이상으로 사들이는 것. 이 얼마나 모순이란 말인가? 그러므로 매번 그만 사겠다는 마음과 진짜 딱 이번 한 번만 살까 타협하는 마음은 항상 충돌하게 된다.

한번은 친하게 지내는 뜨개 친구들끼리 우리 실을 너무 많이 사는 것 같다며 당분간 실 구매를 자제하기로 했다. 완성작이 나오거나 생일 같은 특별한 날에는 적립금('용볼 코인'이라고 정했다)을 받아 적립금 내에서만 실을 살수 있다는 규칙을 정했다. 물론 적립금이

Sysleriget Silk Mohair

있어도 구매는 내 돈 주고 사야한다. 그냥 그만큼 실을 구입하는 데 돈을 사용할 수 있다는 뜻이었다.

프로젝트 사이즈에 따라 적립금이 달라지고, 생일, 결혼 등 기념이 될 만한 날에는 적립금이 발생한다. 적립금을 위해서 모두 광적으로 열심히 뜨개를 했고 처음에는 모두가 적립금 내에서만 실을 구매했다. 하지만 시간이 지날수록 뜨는 속도가 사고 싶은 욕구를 따라가지 못하자 모두가 자제심에 한계를 느꼈다. 그래서 그 규칙을 없애자고 합의하지 않았음에도 한두 명은 배째라는식으로 실을 사기 시작했다. 나도 눈치를 보다가 다른 친구들도 사는데 뭐 어쩌겠냐 싶어 실을 샀다. 이후 우리는 아무도, 어느 누구도 그 규칙에 대해 언급하지 않았다.

Royal I (Royal Alpaca) from Illimani Yarn

사는 속도는 뜨는 속도를 따라오지 못한다

물론 뜨개를 경험해 보지 않은 사람은 왜 실을 계속 사는지 이해하기 어려울 것이다. 뜨개를 하는 나도 가끔은 내 자신을 이해하지 못하겠으니 충분히 그 마음을 이해한다. 라벌리에 실을 검색해보면 생산이 중단된 실을 제외하고 155,283개의 실이 있다고 나온다. 섬유 Fibers 는 크게 천연섬유 Natural Fibers , 인조섬유 Man-made fiber 로 나뉘고 천연섬유는 울, 모헤어, 앙고라, 캐시미어, 알파카, 라마 등의 동물성 섬유와 코튼, 린넨 등의 식물성 섬유가 있다. 인조섬유는 인견 Viscose rayon , 아세테이트 Acetates 등의 재생천연섬유 Regenerated natural fibers 와 흔히들 알고 있는 아크릴, 폴리에스터 등의 합성섬유 synthetic 가 있다.

실의 굵기에 따라 레이스, 핑거링, DK, 아란, 청키 등으로 나뉘니 평생 뜨개를 해도 다 쓰지 못할 만큼 많은 실이 이 세상에 존재하는 것이다. 이렇게 많은 실 사이에서도 니터들에게 유행을 하는 실이 나타나고 그 실이 아무 때나 상시 구매를 할 수 없이 특정한 날짜를 정해서 오픈한다면 '실켓팅'까지 해야한다. 나는 학교 다닐 때도 친구들이 과제 때문에 밤을 새울 때 단 한 번도 그렇게 한 적이 없다. 수업이 끝나면 놀아야 하므로 차라리 매일 아침 7시에 일찍 학교에 가서 과제를 했던 내가 실을 사겠다고 밤을 새워서 오픈시간을 기다리게 됐다.

한번은 미국의 핸드 다이어 익스플로러 닛츠 Explorer Knits 가 아일랜드를 여행한 후 영감을 받아서 만든 아일랜드 컬렉션 실을 오픈

사는 속도는 뜨는 속도를 따라오지 못한다

하는 날이었다. 재택근무 중이라도 매일 풀타임으로 일을 했기 때문에 밤에는 잠을 자야 했지만 실을 구매하기 위해 새벽까지 기다려야 했다. 미국과의 시차 때문에 잠도 자지 않고 기다리는 게 힘들었지만, 이제는 한국보다 더 내 고향처럼 느껴지는 아일랜드에서 영감을 받아 만든 실을 놓칠 수는 없었다.

Ireland Collection from Explorer Knits + Fibers

아일랜드는 1840년대에 아일랜드 대기근 Great Famine 으로 인해 전체 인구의 약 1/3이 사망했고, 무려 18만 명 이상 미국으로 이민을 떠났다. 그 결과 미국에는 오늘날에도 많은 아일랜드 후손이 살고 있는데 그 영향인지 그냥 단순히 실이 예뻐서 그런 것인지 몰라도 주문이 폭발했다. 적어도 하루 정도는 주문 창을 열어 두겠다던 공지와 달리 폭발적인 주문양으로 인해 다이어는 약 20분 만에 주문창

사는 속도는 뜨는 속도를 따라오지 못한다

을 닫을 수밖에 없었다. 세상에 실을 좋아하는 사람들이 정말 많다는 사실에 놀랐고, 주문 성공을 자축하면서 늦은 잠자리에 들었다.

글을 쓰고 있는 지금은 영국 The Fiber. Co의 'The road to China light' 실로 인해 함뜨방이 시끌시끌 하다. 베이비 알파카 65%, 실크 15%, 카멜 10%, 캐시미어 10%로 틀림없이 부드럽겠지만 흐르는 물을 실로 만들면 이런 느낌일 것 같다는 후기를 보고 도저히 참을 수가 없어서 나도 주문을 했다. 그런데 실과 '중국으로 가는 길'이란 이름은 무슨 상관인지는 잘 모르겠다. 실크? 실크로드 때문인가? 이왕이면 '한국으로 가는 길'이었으면 더 좋았을 텐데.

The Road to China Light from The Fibre Co.

혹시 아무 실이나 닥치는 대로 사는 사람이라고 오해할지 모르겠지만 나만의 실 쇼핑 원칙이 있다. 사고 싶었던 실이 마침 세일을 한다면 모르겠지만, 단순히 세일을 한다고 해서 무조건 사지는 않는

사는 속도는 뜨는 속도를 따라오지 못한다

Hedgehog Fibres Tweedy Noir

다. 이건 실뿐만 아니라 모든 물건을 구입할 때 적용되는 나만의 원칙이다. 필요도 없는 것을 세일한다고 덥석 산다면 당장은 돈을 아낀 것 같아 보일지 몰라도 사실 돈낭비라고 생각한다.

두 번째 원칙은 이왕이면 천연양모 위주로 구입을 하는 것이다. 물론 합성섬유라고 무조건 나쁘고 천연섬유라고 해서 무조건 좋다는 뜻은 아니다. 나는 천연양모 중에서도 수퍼워시 처리가 된 실 보다는 양양하고 러스틱한 가공이 덜 된 실을 좋아한다. 언젠가 시어머니 옷장속에서 최소 20년 정도 됐다는 울스웨터들을 구경한 적이 있다. 그때는 뜨개를 하지 않을 때라서 크게 관심이 없었는데도 불구하고 20년이 지난 옷이 이렇게 멀쩡할 수 있나 싶어 놀랐고 잘 길들여진 스웨터의 모습에 놀랐다. 물론 시어머니는 뜨개를 하지 않으시니 구입하신 거겠지만, 처음에는 러스틱했던 스웨터가 오랜 시간 세월과 함께 길들어 메리노울처럼 부드러운 스웨터가 되는 과정이 참 멋지다고 생각했다. 한 번은 친한 뜨친인 레이니님이 앤밴챌 Anne Ventzel 작가의 배저앤블룸 Badger and Bloom 스웨터를 변형해서 지퍼가 달린 카디건을 떴다. 그 카디건의 바탕 컬러였던 노란색이 웜톤이라 쿨톤인 레이니님 자신에게는 어울리지 않는다며 나에게 선물했다. 그 카디건을 받은 후 뜨친들이 이 정도면 교복을 넘어 문신 아니냐고 할 정도로 거의 매일같이 그 옷을 입었다. 그 옷을 뜨는 데 사용된 비슈에뷔슈 르그로스 램스울 Biches & Buches Le Gros lambswool 은 꽤 양양하고 러스틱한 실이다. 처음 옷이 나에게 왔을 때는 맨살에 입으면 거칠거칠한 질감이 그대로 느껴지는 옷이었는데 매일 입고 가끔은 입은 채로 잠들기도 하며 어느덧 그 옷은 메리노울로 뜬 옷처럼 부드러워졌다. 이 계기로 러스틱하고 양양한 실로 뜬 옷이 더 좋아졌다. 세월과 함께 길들여 입는 옷이라니 너무 멋지지 않은가?

마지막으로는 윤리적으로 생산된 실 위주로 구입을 한다는 원칙이다. 실의 성분도 중요하지만 그 실이 어떻게 생산되었는지를 아는 것도 중요하다고 생각하기 때문에 실을 구입하기 전에는 그 실의 판매 사이트에 가서 어떤 식으로 생산되고 염색하는지 설명을 꼭 읽어보려고 한다. 물론 너무 예뻐서 결제 버튼 먼저 누르고 읽어 본 적도 많긴 하다.

La Bien Aimée Helix yarn, Kumo yarn

그리고 되도록이면 뮬징 프리 실을 구입하려고 한다.

뮬징 Mulesing 이란 파리가 꼬이는 것을 방지하기 위해서 양의 항문을 칼로 도려내는 것으로, 생각만 해도 정말 고통스러운 일이다. 모든 양이 그런 것은 아니지만 대부분의 양은 털을 잘 깎아 줘야 하는 동물이다. 털을 깎아 주지 않고 방치해서 털이 너무 많이 자라게 되면 털의 무게와 그 털 사이로 생긴 세균 등으로 건강에 큰 문제가 생길 수 있다. 양의 털은 잘 관리해서 깎아야 하지만 항문을 도려내는 뮬징은 전혀 다른 문제라고 생각한다. 뮬징에 대해서는 정부와 양을 키우는 사람, 실을 생산하는 사람들, 소비자 등 여러 사람의 입장이 다 다르다는 기사를 본 적이 있다. 그 중에는 파리가 꼬이는 것을 방지하기 위해 뮬징이 불가피하다는 입장에 있는 사람도 있다. 하지만 나는 뜨개를 하기 위해서 실을 구입하는 소비자로서 뮬징에 반대하므로 조금 더 비싸게 가격을 치르더라도 뮬징 프리 실을 구입한다.

뜨개뿐만이 아니라 모든 취미가 그렇겠지만, 취미에는 돈이 꽤 많이 든다. 뜨개실은 저렴한 실부터 고가의 실까지 가격대가 매우 다양하고 어떤 실로 뜨개를 하냐에 따라 들어가는 돈은 천차만별이다. 어떤 사람은 처음부터 좋은 실을 쓰지 않아 아쉽다고 하고, 어떤 사람은 실이 왜 이렇게 비싼지 모르겠다고 한다. 예를 들어 누군가에게 자전거는 굴러만 가면 되는 것이겠지만 다른 누구는 자전거에 차 한 대 값을 쓰는 것과 마찬가지다. 하지만 가장 중요한 것은 어떤 실로 뜨개를 하든 각자의 상황에 맞게 본인이 만족할 만한 뜨개를 하는 것이다. 그러니 다른 사람이 사용하는 실과 내 실을 비교할 필요는 없다고 생각한다.

Knitting is my yoga

오늘은 뭘 보면서 뜨개를 할까 검색을 하다가 우연히 유튜브에서 알파벳이지만 뭐라고 읽어야 할지 감도 안 오는 〈Den Store Stirkkedyst〉라는 프로그램을 발견했다. 'The Great Knit off'라는 영어 제목도 붙여 있었고, 원어를 번역기로 돌려보니 'The Great Knitting Contest'라고 번역되는 덴마크의 뜨개 콘테스트 프로그램이었다. 래퍼, 가수, 요리사들끼리의 서바이벌 프로그램은 흔하게 볼 수 있지만 뜨개로 대결하는 리얼리티 TV쇼라니 뜨개를 많이 하는 덴마크는 이런 프로그램도 하는구나 싶어 신기하기도 하고 니터로서 부러운 마음도 들었다. 1회부터 보고 싶었지만 아무리 좋아하는 뜨개에 관한 거라도 단 한마디도 알아들을 수 없는 건 재미가 없었다. 그래서 유일하게 영어 자막이 제공되는 9회를 보기로 했다.

　9회의 첫 번째 경쟁 주제는 인생에서 힘들었던 시기를 상징하는 헤어밴드를 뜨는 것이었다. 내가 참가자였다면 무엇을 떠야 할지 고민하며 시간을 다 허비하고 탈락해서 투덜대며 집에 갔을 것 같은데, 간단한 헤어밴드를 뜨는 것이 아니라 힘들었던 때를 상징하는 헤어밴드를 떠야 한다니 너무나 어려워 보였다. 참가자들은 한 시간 안에 할 수 없다며 우는 소리를 했지만 9회까지 살아남은 참가자들의 내공이 보통은 아니었던지 한 명의 참가자를 제외하고는 모두 재빨리 실을 골라와서 뜨개를 시작했다. 내가 참여한 것도 아닌데 TV 속 그들의 뜨개 속도에 덩달아 나의 뜨개 속도도 빨라졌다. 숨 막히는 긴장감 속에 한 시간이 지났고 참가자 전원이 모두 시간 내에 헤어밴드를 제출했다. 브라보! 참가자 순서대로 돌아가며 머리띠를 차고 혹은 들고 나와서 각자가 힘들었던 때를 설명하기 시작했다. 그리고 이야기를 듣고 있던 다른 참가자들이나 심사위원들이 가끔씩 조용히 눈물을 보이기도 했다.

　하지만 나중에 평가 시간이 되자 심사위원들은 언제 울었냐는 듯이 이 머리띠는 단순한 메리야스 뜨개라는 둥, 이 머리띠는 테크닉이 부족하다 등의 냉정한 평가를 했다. 검은색과 흰색으로 뜬 헤어밴드를 보여준 참가자는 출산 다음 날 아이를 잃은 슬픔, 그리고 그 절망을 붙잡아준 밧줄, 그 밧줄을 잡고 올라가서야 만나는 사랑과 희망, 꽃을 뜨개로 표현했다. 그녀는 뜨개는 나쁜 일, 좋은 일 혹은 그냥 일상적인 것들을 극복하고 감정을 떨쳐버리는 방법이라고 말했다. 드라마 〈사이코지만 괜찮아〉에서는 사람에게는 저마다 할당된 불행과 행복의 총량이 있다고 했다. 사람에 따라 그 시기만 다를 뿐 겪어야 하는 불행의 총량은 정해져 있다는 것이다. 그렇다면 나에게 다가온 불행을 어떻게 이겨낼 것인가? 누군가는 펑펑 울 것이고 누군가는 매운 음식을 먹을 거고 누구는 운동을 하고 누구는 술을 마실 것이다. 나는 이제 당연히 뜨개를 한다.

인터넷에서 뜨개 관련 밈을 검색하다가 이런 말을 본 적이 있다.

"Knitting is my yoga"

(뜨개는 나의 요가다)

처음에는 이 말을 이해할 수 없었다. 뜨개는 보통 앉아서, 내 경우는 거의 누워서, 손만 움직이고 머리를 좀 쓰는 건데, 왜 뜨개를 요가라고 할까 의아했다. 그런데 뜨개를 하면 할수록 이 말의 의미를 이해할 수 있게 되었다. 바로 비슷한 동작을 반복하는 행동으로 마음이 차분해지게 도와준다는 점에서 뜨개는 요가와 비슷하다. 화가 났을 때나 속상한 마음이 들어 부정적인 기운이 흘러나오려고 할 때 나는 재빨리 바늘부터 잡는다.

K2, 2/2 LC……("겉뜨기 2번 하고, 다음에는 2코 왼쪽 교차 케이블Left Crossed Cable 이니까 두 코 앞으로 케이블 바늘에 걸고… 그 코들을 앞에 두고 겉뜨기 2개 하고, 케이블 바늘에 걸린 2코를 겉뜨기 하면 되겠구나") 한 코 한 코 집중해서 뜨개를 하다 보면 어느새 화난 마음은 차분해지고 내가 가진 문제들을 이성적으로 접근할 수 있도록 도와줬다. 뜨개를 할

Portia by Natasja Hornby
Road to China Light from The Fibre Co.

Knitting is my yoga

때 실제로 몸에서는 항우울제인 세로토닌을 방출해서 우울감 완화와 마음을 진정시키는 데 도움이 된다고 한다.

마음을 진정시키는 것 외에도 내가 생각하는 뜨개의 큰 장점 중 하나는 자존감 상승이다. 처음 보는 뜨개 기법으로 뜨개를 할 때 이게 맞는 건가? 내가 제대로 하고 있는 건가? 스스로를 끊임없이 의심할 때가 있다. 게다가 틀리기라도 해서 풀어야 하는 순간이 오면 정말 그냥 다 때려치우고 싶을 때가 한두 번이 아니다. 하지만 포기하지 않고 끝까지 떠서 마지막으로 실을 바늘에서 빼는 순간이 오면 성취감과 희열은 그동안의 고생을 보상하고도 남는다. 직접 경험해보지 않은 사람들은 알 수 없는 기분이다. 그리고 그 성취감은 자기 자신을 사랑하고 가치 있게 여기는 마음인 자존감 상승으로도 이어진다.

조금 이상하게 들릴 수도 있지만 세탁도 나의 자존감 상승에 큰 도움이 되었다. 처음 뜨개 옷은 세탁기를 돌릴 수 없다는 걸 알게 됐을 때는 나는 손빨래하기 귀찮아서 더이상 뜨개를 하지 못하겠다고 생각했다. 이미 집안일을 나보다 더 많이 하는 남편에게 차마 손빨래까지 부탁할 수는 없었고 그렇다고 내가 빨기는 더더욱 싫었다. 첫 옷 때는 뜨개옷 세탁 방법을 검색하다 드라이 클리닝을 맡기기도 한다는 걸 알게 되어 완성한 옷을 갖고 세탁소에 갔다. 내가 뜨개를 해서 만든 옷이라고 동네방네 자랑을 하고 싶었던 나는 주인 아주머니에게 대뜸 "이거 제가 떴어요. 제가 처음으로 뜬 옷이에요"라고 말했다. 아주머니는 그제서야 옷을 자세히 보시더니 본인도 뜨개를 한다며 뜨개 옷이면 드라이클리닝을 맡기지 말고 집에 가서 손빨래를 하면 된다고 세탁 방법을 알려주기 시작했다.

차마 말을 끊지도 못해 다 들은 후에 물었다. "그렇군요. 그럼 드라이클리닝 대신 여기서 손빨래도 해주시나요?" 아주머니는 가능하긴 하지만 손빨래를 굳이 돈 내고 맡길 필요는 없다며 그냥 집에 가서 하면 된다고 했다. 그래도 당시 난 손빨래는 절대 하지 않겠다는 마음이 확고했기에 제발 해달라고 부탁했다. 세탁을 맡기고 돌아오면서 일단 뜨고 있던 것까지만 다 끝내면 뜨개는 이제 그만해야겠다고 생각했다. 하지만 이미 뜨개의 매력에 푹 빠진 나는 그만둘 수도 없고 매번 세탁소에 가서 손빨래를 해달라고 부탁할 수도 없어 직접 세탁을 해보기로 했다. 옷을 맡기러 나가고 찾으러 다시 가는 것도 매우 귀찮았기 때문이다. 그런데 정말 어이없게도 내가 뜬 옷을 스스로 직접 손빨래를 할 때 굉장한 감정의 변화가 있었다. 나를 위한 선물이라며 고가의 사치품을 사고 여행을 다닐 때도 느껴보지 못한, 내가 나 자신을 진정으로 아껴 주고 있다는 감정을 손빨래를 하면서 느꼈다.

오랜 시간을 들여 정성스럽게 뜬 옷을 실 정리까지 끝내고 나면 이제 첫 세탁 시간이다. 내 소중한 옷이 혹시라도 고온의 물에 펠팅이 될까 마치 몸이 욕조에 들어가기 전에 발을 넣었다 빼며 온도를 맞추듯이 손을 넣었다 뺐다 세심하게 온도를 맞춘다. 울 세제를 조

금 넣어 거품을 만들고 옷을 넣는다. 이때 나는 억지로 옷을 물에 담그지 않고 멍하게 니트가 물에 젖어 들어가는 걸 한참을 지켜본다.

이때 실을 고르며 처음 캐스트온 했던 추억들이 주마등처럼 떠오른다. 옷이 다 물에 젖으면 손으로 조물조물 건드려 준 뒤 20분 정도를 담가 둔다. 이 시간 동안 다시 방으로 가서 남은 실과 쓰던 바늘을 정리하며 프로젝트를 완전히 보내줄 준비를 한다. 20분 뒤 거품을 헹궈주고 수건으로 물기를 제거하고 감싸 잽싸게 세탁기 앞으로 달려가 탈수에 들어간다. 세탁기에서 소주 몇 병은 마신 주정뱅이처럼 늘어져 있는 니트를 꺼내면 뜨개의 꽃 블로킹을 할 타이밍이다. 니트를 블로킹매트에 올려 두고 '각!!! 각!!! 니트는 네크라인의 각이 생명이다!!!'를 외치며 블로킹 핀을 꽂아 각까지 살려주면 비로소 모든 세탁과정이 끝이 난다.

나는 울이 물에 젖어 나는 냄새를 좋아한다. 하지만 처음 세탁을 하고 젖은 울 냄새가 집에 퍼질 때 그 냄새는 어딘가 익숙한 듯 낯설었다. 한참을 곱씹은 결과 어떤 냄새와 비슷한지 알게 되었다. 오래 전에 키웠던, 지금은 강아지별에 있는 우리 강아지(강아지 이름이 강아지였다)가 미용을 하고 오면 나는 냄새와 어딘지 모르게 비슷했다. 하지만 남편은 자꾸 방귀 냄새가 나는 것 같다며 창문을 열었다. 왜 젖은 울에서 특유의 냄새가 나는지 검색하다 울이 젖으면 울에 있는 라놀린 성분 때문에 젖은 양말 냄새가 난다는 글을 보기도 했지만 나는 동의할 수 없다. 내가 젖은 양말 냄새를 좋아한다고 할 수는 없으니 말이다. 아! 물론 방귀 냄새도 안 좋아한다.

이렇게 세탁 한 옷을 입고 나갈 때의 기분을 어떻게 표현할 수 있을까? 스스로 사랑해주고 있다는 마음이 넘쳐나서 두아 리파의 노

래 〈Levitating〉 가사처럼 'I am levitating' 같은 기분이다. 떠오르는 기분으로 발걸음이 가볍고 신이 난다. 이렇게 뜨개는 건전하게 스트레스를 해소할 수 있고 화난 마음은 진정시키며 자존감까지 올려주는 내가 경험해 본 것들 중 최고의 취미이다. 하지만 뜨개에도 한 가지 아쉬운 점이 있으니 그건 바로 칼로리 소비는 없다는 것이다. 전혀, 전혀 없다.

Cat Sweater By Bana Kavanagh
John Arbon Knit by numbers

스스로 불러온 블랭킷 재앙

오래 전에 코바늘 블랭킷을 떠 본 적이 있다. 정확히 왜 그 블랭킷을 뜨기 시작했는지 어디서 뭘 보고 떴는지 기억이 나지는 않는다. 2가지 컬러의 배색이 지그재그 모양으로 된 블랭킷이었다는 것과 신이 나서 실을 산 후 집에서 쇼핑백을 열어 보면서 들었던 생각이 기억난다.

아! 나 코바늘 할 줄 모른다……

하지만 괜찮다. 나에게는 수많은 유튜브 선생님이 있다. 코바늘 영상을 찾아보며 간단한 기법을 연습한 뒤 블랭킷을 뜨기 시작했다. 그때는 이유를 몰랐지만 얼마 지나지 않아 나는 이것이 망한 프로젝트라는 것을 직감할 수 있었다.

비싸면 무조건 좋은 걸로만 알던 그때는 실에 대한 이해도가 전혀 없었다. 실의 굵기에 따라 핑거링, DK, 아란 등으로 나뉘는 것도 몰랐다. 그러므로 당연히 실의 성분이나 굵기에 따라 편물의 느낌이 달라진다는 것도 몰랐고, 50그램짜리의 미터수가 짧은 이 볼실이 한 볼만 있을 땐 무겁지 않아도 몇십 볼을 사용하면 이 블랭킷이 무거울 거란 것도 당연히 몰랐다. 그리고 무엇보다 견딜 수 없었던 건 내가 고른 두 컬러의 조합의 참을 수 없는 촌스러움이었다는 거다. 하지만 이미 실을 잔뜩 사 왔던 터라 다 뜨고 나면 생각보다 예쁠지도 모른다며 애써 최면을 걸어 끝까지 떴다. 왜 바로 실 바꾸러 갈 생각은 못했을까?

왜 슬픈 예감은 단 한 번도 틀린 적이 없을까? 완성된 블랭킷은 매우 무거웠으며 감촉도 좋지 않았다. 그때는 내가 코튼을 좋아하지 않는다는 것조차 몰랐다. 게다가 생각했던 것보다 훨씬 더 견딜 수 없을 만큼 촌스러웠다. 그래도 비싼 돈 들여 떴으니 몇 번이라도 써야 한다는 생각으로 한동안은 소파 위에 올려 두었지만 볼 때마다 성질이 나서 그 블랭킷은 곧 옷장 속으로 옮겨졌다. 그리고는 옷장에서도 밀려나 창고로 버려졌다. 블랭킷을 뜨고 나서 베개 커버를 사러 백화점의 침구 코너에 간 적이 있다. 침대 위에 올려져 있던 예쁜 블랭킷을 보고 만지작거리다가 '이 브랜드 제품이면 많이 비싸겠

스스로 불러온 블랭킷 재앙

지?'하며 가격표를 봤다. 젠장! 내가 쓴 실값보다 이 완성품을 사는 게 더 저렴했다. 그 뒤로 내 인생에서 블랭킷을 다시 뜨는 일은 절대 없을 거라는 결심을 뼈에 새기기로 했다.

그렇게 약 8년이라는 시간이 지나고 나는 대바늘 옷 뜨개에 빠져 살았다. 그러던 어느 날 인간은 망각의 동물임을 스스로 증명하듯 패턴을 구경하다가 우연히 본 아란 블랭킷에 또 마음에 흔들렸다. '블랭킷은 뜨는 게 아니라 사는 거다'라며 스스로 그때의 그 망한 코바늘 블랭킷을 떠올려봤지만 하고 싶은 건 반드시 해야 하는 나에겐 전혀 효과가 없었다. 하필이면 또 내가 빠진 블랭킷은 20조각을 뜬 후 이어야 하는 대작이었다. 이 정도 프로젝트는 절대 혼자 하기 어렵다. 어떻게 시작은 한다고 해도 다른 옷들 뜨느라 소홀해질 것이 분명하다. 고민 끝에 함뜨를 하기로 하고 모집 글을 올렸지만 과연 이런 대작을 뜰 사람이 있을까 싶어 걱정됐다. 하지만 세상은 넓고 살 수 있는 걸 굳이 직접 뜨겠다는 니터들은 나 말고도 너무나 많았다. 그렇게 살 수 있는 블랭킷을 뜨는 재앙을 스스로 불러왔다 하여 '스스로 불러온 블랭킷 재앙' 일명 '스불블재' 함뜨가 탄생했다.

사실 우리나라에서는 흔히 담요나 블랭킷이라고 부르지만 영어에서 담요는 쓰로우 Throw 라고 한다. 영어에서 블랭킷은 일반적으로 침대 위를 덮는 용도로 사용하고, 쓰로우는 우리가 흔히 생각하는 소파나 의자 위에서 사용하는 블랭킷보다 작은 사이즈이다. "여보~ 담요 좀 갖다 줘!"하면 바로 던져 주기 때문에 쓰로우일까?

어원은 잘 모르겠다. 그리고 대바늘이나 코바늘로 뜬 담요는 아프간^{Afghan} 이라고도 불린다. 아프간은 찾아보니 독특한 직물과 화려한 카펫으로 알려졌던 1700년대 말 아프가니스탄 동부와 남부 파슈툰족의 이름으로 뜨개나 코바늘로 만든 숄이나 담요를 아프간으로 부르기 시작했다고 한다. 하지만 이런들 어떠하고 저런들 어떠한가. 뭐라고 부르던 완성 시키는 게 가장 중요하다.

우리가 뜨고 있는 블랭킷은 에디 에크만 Edie Eckman 의 디자인으로 얀스피레이션스 Yarnspirations 에서 제공하는 무료 도안이다.

Knit Your Cables Afghan by Edie Eckman
DROPS Nepal from Garnstudio

스스로 불리온 블랭킷 재앙

10개의 가터 스티치와 10개의 케이블을 조각으로 떠서 나중에 꿰매는 방식이다. 우리는 매달 케이블 뜨기 한 장과 가터 뜨기 한 장 총 2장씩 장장 10개월에 걸쳐서 20조각을 뜬 후, 한 달 동안 연결하고, 한 달 동안 엣징 **마무리** 하여 총 1년이라는 긴 시간을 두고 함께 뜨기로 했다.

함뜨를 하기 전, 그 옛날 코바늘로 떴던 블랭킷의 촌스러움을 생각하며 실 컬러를 고르는 데 신중 또 신중을 기했다. 여러 색을 배색할지 한 컬러를 사용해 통일감을 줄지 그렇다면 어떤 컬러를 사용할지 흰참을 고민한 끝에 나는 내가 좋아하는 오렌지 컬러로 뜨기로 했다. 매달 2장씩 뜨는 거라 부담은 없긴 해도 주로 옷을 뜨는 니터들에게 소품은 뜨는 순서에서 후순위로 밀리기 쉽다. 그래서 분기

별로 숙제 검사도 진행했는데 학창시절 숙제 검사가 생각난다며 즐거워하는 니터들과 원래 숙제는 마지막에 모아서 하는 거라며 마지막까지 미루고 또 미루다 숙제 검사 전 6장을 한 번에 뜨는 니터들도 있었다. 가터 뜨기는 조금 지루하기도 했지만 따로 기억해야 할 패턴이 없어서 밖에 나갈 때 주로 가지고 다니면서 했다. 케이블 뜨개는 패턴에 익숙해져 슬슬 지겨워질 때쯤 끝나고 새로운 케이블 뜨개를 떠볼 수 있어서 좋았다. 그렇게 한 조각 두 조각 떠서 글을 쓰는 지금 나는 16장을 완성하고 4조각이 남았는데 점점 쌓여 가는 조각들을 볼 때마다 성취감을 느낀다. 올겨울엔 소파에 앉아 담요를 덮고 뜨개를 하고 있을 나를 상상하니 조금 멋진 것 같기도 하다. 그리고 나는 벌써부터 다음에 뜰 새 담요의 도안을 고르고 있다.

스스로 불러온 블랭킷 재앙

나의 뜨개 3대장

요즘 한국에서는 가사 노동을 도와주는 가전제품 3종을 '이모님 3대장'이라고 부른다고 들었다. 건조기, 식기세척기, 로봇 청소기를 이르는 말이다. 나에게는 뜨개를 할 때 없어서는 안 될 뜨개 3대장이 있다.

첫 번째는 울 와인더 Wool Winder , 얀 스위프트 Yarn Swift 라고 부르는 물레다. 실은 크게 감겨져 있는 상태와 모양에 따라 다르게 부른다. 콘 모양의 심지에 감겨져 있는 콘사, 볼로 감겨져 있는 볼실, 타래로 감겨져 있는 타래실이 있다. 타래실 Hank; 행크 은 감겨 있는 상태에 따라 폴디드 행크 Folded Hank , 트위스티드 행크 Twisted Hank 라고 부르는데, 보통 우리가 구입하는 타래실은 실

이 동그랗게 감아 실의 끝과 끝을 묶은 후 돌돌 말아 반으로 접은 후 한쪽의 구멍에 접은 실의 끝을 넣어준 트위스티드 행크이다. 볼실을 사용하다가 구입한 첫 타래실을 택배를 뜯었을 때는 약 5분간의 감탄 후 당황스러움의 연속이었다.

타래실을 푸는 방법 How to unwind a hank of yarn 을 검색하니 역시 나만 모르는 게 아니었는지 타래실 사용법을 알려주는 수많은 영상이 나왔다. 타래실을 사용할 때는 실을 감기 귀찮다고 그대로 두고 사용하는 뜨친을 보기도 했지만 대부분은 실을 감아서 사용한다. 실을 감을 때는 손으로 직접 공 모양으로 감거나 물레에 타래실을 걸고 와인더로 감아서 사용할 수도 있다. 당연히 손으로 감는 것보다는 장비를 이용하는 게 편하겠지만 그때는 앞으로 뜨개를 계속할지 몰라 선뜻 구매하기는 망설여졌다. 그래서 직접 감아보기로 했다. 하지만 와인더는 손으로 대체한다고 해도 물레가 없어 실을 걸어 둘 곳이 없었다. 그래서 여기저기 걸어본 후 다리에 걸기로 했다. 바닥에 앉아 실을 다리에 걸고 차마 누구에게 보여주기는 부끄러운 자세로 실을 감기 시작했다. 처음 감아본 실은 아란 굵기의 실로 와인더와 물레 없이도 감을 만하다고 생각했다.

보통의 핑거링 웨이트 실은 400미터이다. 패턴이나 사이즈에 따라 다르지만 평균적으로 3타래를 사용하는데, 400미터의 실 3타래 1200미터를 직접 감아야 한다. 생각보다 할 만했던 것은 아란 굵기의 이야기였다. 핑거링 두 타래를 감아본 나는 바로 물레와 와인더를 주문했다.

영어 표현 중에 "Best thing since sliced bread(잘린 빵 이래 최고의 것)"이라는 말이 있다. 지금은 커팅된 빵을 사와 간편하게 먹을 수 있지만 과거에는 빵을 직접 썰어서 먹어야 했다고 한다. 빵 자르는 기계가 나온 후 빵 먹기가 편리해져 식빵의 소비가 급증했다고 하는데 어떤 물건이 정말 좋을 때 저 표현을 많이 쓴다. 시어머니는 특히 전기장판을 이야기할 때 저 표현을 항상 사용하셨다. 실을 감을 때 나오는 먼지와 털로 털투성이가 된 상태로 몇 시간 동안 실을 감았던 나는 와인더와 물레를 구입하고 10분이면 실을 감을 수 있었다. 나에게 물레와 와인더가 잘린 빵 이래 최고의 물건이다. 내 뜨개 1대장으로 임명한다.

뜨개 2대장은 블로킹 매트이다. 뜨개를 하고 블로킹을 하지 않는다는 건 패브릭으로 옷을 만들어서 한 땀 한 땀 정성껏 옷을 박음질하고 다리미질을 안 하는것과 같다고 생각한다. 블로킹은 편물의 크기를 맞추고 고르게 하기 위해서 물에 적시거나 스팀을 주는 과정을 말하는데 여러가지 방법이 있지만 크게 물에 적시는 웻 블로킹 Wet blocking 과 스팀을 쏘이는 스팀 블로킹 Steam Blocking 을 많이 사용한다. 나는 네크라인이나 팔의 코를 주워 주기 전 귀찮더라도 반드시 스팀 블로킹으로 편물을 고르게 해준다. 쭈글거리거나 말려 있는 편물을 스팀을 줘서 펴주면 편물이 말려 있지 않아 코들도 더 잘 보여 코를 줍기도 편하고 결과물이 훨씬 깔끔하다. 완성한 뜨개를 세탁 후에는 또 내가 원하는 모양으로 옷을 잡아 웻 블래킹

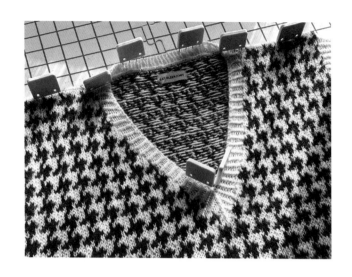

을 하는데 스팀 블로킹을 하던 웻 블로킹을 하던 다리미질을 하려면 다리미판이 필수듯이 블로킹 매트는 블로킹을 하기 위한 필수 도구라고 생각한다. 꼭 뜨개용 블로킹 매트를 구입하지 않아도 물과 내열성이 강한 매트를 사용해도 괜찮다. 아이를 키우는 집에서 사용하는 매트를 사용하는 니터들도 많지만 나처럼 아이가 없어서 어차피 사야 한다면 처음부터 뜨개용으로 나온 매트를 구입하는 걸 추천한다. 뜨개용 블로킹 매트에는 블로킹을 할 때 사용하는 핀도 포함되어 있고 센티미터와 블록이 그려져 있어서 사이즈를 맞출 때도 유용하게 사용할 수 있다.

마지막 뜨개 3대장을 완성시켜줄 도구는 스티치 마커이다. 스티치 마커는 시작점 표시 혹은 중요한 위치를 표시하는데 사용될 뿐 아니라 여러가지의 패턴으로 이루어진 뜨개를 할 때 패턴이 언제 어디서 바뀌는지 표시하는 용도로도 사용할 수 있다. 또한 많은 코수를 셀 때 세다가 까먹지 않기 위해서 5코, 10코씩 걸어둘 때도 사용하기 때문에 코수 세기가 항상 헷갈리는 나에게는 정말 없어서는 안된다.

스티치 마커는 구조적으로는 크게 링의 형태로 된 고정식과 잠금 형식으로 된 스티치 마커가 있고 그리고 예쁜 참 Charm 이 걸려 있는 마커와 참이 없는 마커가 있다. 나는 예쁘고 귀여운 참이 걸려 있는 마커는 주로 시작점을 표시하는 용으로 사용한다. 달리기 선수가 결승선을 향해 달려가듯이 시작점을 표시해둔 마커를 향해 달려간다. 시작 마커가 보이기 시작하면 무사히 한 단을 떴다는 생각에 기분이 좋고 예쁜 스티치 마커를 보면 기분이 더 좋다. 그 외 소매를 뜰 때는 몇 단에 한 번씩 줄임을 해야 하는데 아무 생각 없이 무아지

경으로 뜨다 보면 줄임을 까먹기 십상이다. 줄이는 곳을 표시 해두는 용도로는 전구 마커를 사용한다. 스티치 마커는 구입을 해도 되고 오링과 참, 니퍼 등으로 간단하게 만들 수도 있는데 뜨개를 하고 남은 실로 미니 타래를 만들어 오링에 달아주면 특별한 스티치 마커를 만들 수도 있으니 한번 만들어 보는 걸 추천하고 싶다.

뜨개 생활을 윤택하게 해주는 뜨개 용품들

🐾 **돗바늘**Tapestry Needle | 실 정리에 사용한다. 자주 잃어버리기 때문에 여러 개를 두고 쓰는 편이다.

🐾 **스티치 홀더**Stitch Holder | 뜨개를 하다가 쉼코들의 풀림을 방지하기 위해서 사용한다. 쓰다 남은 실로 사용해도 된다.

🐾 **줄자**Measuring Tape | 편물의 길이를 재어볼 때 사용한다.

🐾 **로우 카운터**Row Counter | 단의 수를 기록할 때 사용한다. 전구 마커를 걸어도 되고 스마트폰의 카운터 어플을 사용해도 된다.

🐾 **보빈**Bobbin | 인따르시아 배색을 할 때 실을 감는 데 사용한다.

✿ 바늘막이 Needle Cap | 케이블에 비해 코의 수가 많을 때 코들이 자꾸 탈출하려고 할 때 바늘막이를 사용한다. 또한 뾰족한 바늘로부터 나를 보호하는 용으로도 사용할 수 있다.

✿ 스팀기 Steamer | 블로킹을 할 때 매번 세탁을 하기 번거롭기 때문에 스팀 블로킹을 할 때 사용한다.

✿ 게이지 자 Gauge Measurement Ruler | 게이지 자는 센티미터에 맞게 사방이 막혀 있기 때문에 스와치의 게이지를 세어 볼 때 유용하다.

✿ 바늘 게이지 자 Needle Gauge | 바늘의 호수가 지워진 바늘의 사이즈를 확인하기 위해 사용한다.

✿ 얀 홀더 Yarn Holder | 실이 여기저기 굴러다니지 않게 하기 위해 얀 홀더에 실을 넣어두고 뜨개를 한다.

✿ 양말 블로커 Sock Blocker | 세탁한 양말을 블로킹할 때 사용한다.

✿ 뜨개실 굵기 확인 자 Wraps Per Inch Tool | 1인치에 감겨진 실의 횟수를 뜻하는 WPIWraps Per Inch는 실의 굵기를 확인하는 용으로 사용한다. 특히 합사를 했는데 실의 굵기를 몰라 바늘의 선택이 어려울 때 사용한다.

✿ 뜨개양말 자 Sock Sizing Ruler | 밑 부분이 둥글게 되어있는 자로 발뒤꿈치나 발가락 부분에서부터 양말의 길이를 확인할 때 사용한다.

✿ 스티치 마커 마그넷 Stitch Marker Magnet | 마커가 여기저기 굴러다니지 않도록 사용하지 않는 스티치 마커를 마그넷에 붙일 때 사용한다.

뜨개 생활을 윤택하게 해주는 뜨개 용품들

LYS

"우리나라에는 삼성 있어!"

"참나~ 전 세계 어디를 가봐라, 아이리시 펍 없는 곳 있나! 사막에도 있는 게 아이리시펍이야!"

앞서 얘기했듯이, 나는 아일랜드 남자와 국제결혼을 했다. 우리는 아일랜드에 함께 살고 있지만, 국적은 서로 다르다. 그래서 종종 서로의 나라가 더 좋다며 유치한 말싸움을 한다. 남편이 말했듯이 아이리시 펍은 전 세계 이곳저곳에 있다. '여기에 아이리시펍이 왜 있어?' 할 법한 히말라야의 관문인 네팔의 쿰부 마을에도 있다.

물론 굳이 네팔까지 가지 않아도 이미 아일랜드에 수많은 펍이

The Temple Bar Pub, Dublin 2

있다. 세계의 가장 오래된 10개의 펍 중 3개가 아일랜드에 있다고
할 정도다. 1263년에 생긴 킬케니 Kilkenny 에 위치한 세계 7위 카이
텔러스 인 Kyteler's Inn , 1198년에 생긴 세계 5위 더블린의 더브레
이즌 헤드 The Brazen Head , 그리고 애슬론 Athlone 의 션즈바 Sean's
Bar 는 900년에 생긴 펍으로 세계에서 가장 오래된 no. 1 펍이다. 우
리나라 말로 선술집인 펍 Pub 은 퍼블릭 하우스 Public House 을 줄
여 부르는 말이다.

　슈퍼는 없어도 펍은 있을 정도로 아일랜드 곳곳에서 쉽게 펍을
만날 수 있다(과장 아니다!). 아일랜드 사람들에게는 단순히 술 마시러
가는 곳이 아닌 사랑방 같은 장소이다. 동네 사람들이 함께 식사를
하기도 하고 축구 중계를 보러 가기도 하는 친근하고 일상적인 곳이
다. 코로나 락다운 이후로 나의 일상은 크게 변했다. 크게는 뜨개라

The Quays Bar   O'Neills Bar

는 운명 같은 취미를 시작하게 된 것이고, 2년간의 재택근무 후 이제는 주 5일 사무실 출근은 상상도 할 수 없는 일이 되어버렸다. 또 달라진 점은 더는 술을 마시지 않는다는 거다.

　술을 많이 마시는 사람을 우리는 술고래라고 한다. 영어에도 'Drink like a fish', 술을 물고기처럼 마신다는 비슷한 표현이 있다. 과거에 내가 바로 그 물고기였다. 퇴근 후 집에 와서 샤워를 하고 마시는 시원한 맥주 한 잔, 친구들과 펍에 모여 신나게 떠들며 마시는 맥주 한 잔, 날씨가 좋은 주말 비어가든에서 마시는 맥주 한 잔. 락다운 전에 내가 가장 많이 갔던 장소는 아마도 집, 회사 다음 펍이었을 것이다. 아일랜드 사람들은 연말에 연이은 크리스마스 파티로 주야장천 술을 마신 후, 새해 첫 달에는 음주를 자제하는 드라이 제뉴어리 Dry January; 신년 1월, 1개월간 금주 를 한다. 그렇게 나는 락다운 기간 동안 드라이 제뉴어리처럼 한 달 정도 술을 마시지 않을 생각이었다. 하지만 계속되는 락다운처럼 나의 드라이 제뉴어리는 생각보다 길어졌고 뜨개를 시작하게 되면서 나는 점점 맥주와 멀어졌다. 크리스마스 때는 가족들이 모여서 배가 터질 때까지 먹고 또 먹고 또 마신다. 락다운 중 맞이한 첫 크리스마스에는 가족들끼리는 모일 수 있었기 때문에 모두가 그날을 벼르고 있었지만 나는 크리스마스 디너가 끝나면 뜨개를 해야 했기 때문에 술을 마시지 않았다. 맨정신으로 모두가 취해 가는 과정을 보는 것은 꽤나 신선한 경험이었다.

이제는 락다운이 해제되고 펍은 모두 정상 영업중이다. 하지만 술을 마시면 뜨개를 제대로 하지 못하기 때문에 더 이상 예전처럼 펍에 자주 가지 않게 되었다. 펍 대신에 이제 내가 자주 가는 곳은 LYS이다. Local Yarn Shop의 줄임말로, 한국말로 하면 '동네 실 가게'이다.

내가 가장 자주 가는 LYS는 더블린 시티 윌리엄 스트릿, 파워스코트 타운하우스 센터 Powerscourt Townhouse Centre 에 위치하고 있는 '디스 이즈 니트 This is Knit '란 곳이다. 2006년에 엄마와 딸이 오픈한 실 가게로 항상 친절하게 반겨주기 때문에 갈 때마다 기분이 좋은 곳이다. 게다가 내가 입고 간 옷이 직접 뜨개한 옷인 걸 알아보고 예쁘다고 관심을 보여준다. 역시 나이가 들어도 칭찬 받는 건 좋다. 물건을 사러 갔을때 혼자 조용히 보는 걸 좋아해서 점원이 필요

This is Knit

한게 있냐고 말을 걸어오는 걸 좋아하지 않는 편인데 실 가게에서는 다르다.

　그 다음으로 자주 가는 곳은 더블린 시티에서부터 7 km 정도 떨어진 워킹스타운 Walkingstown 에 위치한 '스프링 울스 Spring Wools '라는 실 가게이다. 뜨개를 하는 나를 위해서 남편은 실 가게나 실을 만드는 모직물공장 woollen mill 을 찾아봐주곤 하는데 미국의 유명한 팝스타 아리아나 그란데가 콘서트 차 더블린에 왔을 때 이곳에 들러 실을 사갔다는 기사를 봤다면서 데려다 주었다. 이곳 제품들은 솔직히 말하면 내 취향은 아니다. 하지만 아일랜드 생산 울 실을 콘사로 구매할 수 있고 인터넷에서 볼 수 없는 종이 도안이 많다. 게다가 우리가 자주 가는 아시안 마켓 근처에 있어서 장을 보

러 갈 때는 이 실 가게에 꼭 들르는 편이다.

집에서 10분 거리에 위치한 위니스 크래프트 카페 Winnie's Craft Café 는 그 동네에 살지 않는 이상, 근처 어디에 실 가게가 있는지 알기 어려운 일반 거주지역에 있는 실 가게이다. 이곳은 가성비 좋다는 드롭스 실을 판매하고 있다. 락다운 기간 때는 택배 수령과 픽업만이 가능해서 택배를 기다리기 힘들 때는 점심시간을 이용해서 픽업을 가곤 했지만 실 가게 내부를 둘러볼 수는 없었다. 하지만 최근 드디어 이 실 가게를 둘러볼 수 있었다. 실 가게에 들어가자 친절한 직원이 맞이해줬고 코바늘로 그래니 스퀘어를 뜨고 싶다고 하자 여러 가지 실을 보여주며 실 컬러를 고르는 것도 도와줬다. 그렇게 함께 실을 고르며 이야기를 하다 보니 우리는 같은 쁘띠니트의 큐물러스를 입고 있는 걸 발견하고 서로가 사용한 실과 도안 이야기로 한참이나 수다를 떨었다. 나는 낯을 많이 가리는 편이지만 뜨개를 하는 사람을 만나면 처음 보는 사람과도 10년은 알고 지낸 사람처럼 대화가 가능하다. 이 역시 뜨개가 아니었으면 몰랐을, 새로운 발견이다.

Winnie's Craft Cafe

이 밖에도 구글에서 실 가게를 검색하면 많은 곳들이 나오지만 모두가 영업을 하고 있는 것은 아니다. 아쉽게도 코로나 바이러스로 인해 많은 실 가게가 폐업하고 말았다. 비싼 임대료를 감당하지 못해 영업을 지속할 수 없었던 것이다. 요즘 아일랜드 실 가게들은 오프라인 매장을 없애고 온라인 판매로 전향하는 추세인데, 한국은 높아진 뜨개 인기로 인해 온라인으로 시작했던 실가게들도 하나둘

오프라인 매장을 오픈하고 있다. 뜨개를 시작한 지 15년 된 오션블루님은 외국 실을 사용하려면 직구 외에는 별다른 방법이 없었던 시절부터 뜨개를 했다. 이제는 한국에서도 유럽, 미국 실을 수입하는 곳이 늘어나서 구매한 다음날이면 받아볼 수 있는 것과 직접 매장으로 방문해서 실을 보고 만져보고 살 수 있어 감개무량하다고 했다. 술을 좋아하는 사람들은 유럽 전역을 여행하며 와이너리 투어를 다니고 빵을 좋아하는 빵순이들은 전국의 여러 유명한 빵집을 찾아다니며 방문하는 빵지순례를 다닌다고 한다. 다음 한국 휴가 때에는 맛집 투어와 더불어 한국에 있는 실 가게 투어를 다닐 생각에 마음이 설렌다.

시작이 두려운 니터들에게

마리트 카디건 Marit Cardigan 은 레인 매거진 Laine Magazine; 핀란드의 Laine Publishing에서 2016년부터 발행하고 있는 뜨개 매거진 이슈 7에 처음 소개된 크리스틴 드라이스데일 Kristin Drysdale 작가의 도안이다. 바텀업으로 페어아일 원통 뜨기를 한 후 평면 뜨기로 넥밴드 쉐이핑을 한다. 바디 한번, 팔 양쪽 2번에 스틱 기법 Steeking; 원통으로 뜨고 트임을 줘야 하는 부분을 잘라주는 기법으로 페어아일을 뜰 때 안뜨기 배색 대신 원통으로 이어 뜰 수 있음 을 사용해서 암홀과 바디를 잘라 준다. 팔은 원통 뜨기로 두 개를 떠 준 후 바디에 붙여주고 밴드와 버튼밴드까지 떠 줘야 비로소 완성할 수 있는 다양한 뜨개 기법이 사용되는 카디건이다. 마리트 카디건은 한국인 니터들에게 특히 인기가 많았는데 단

비님이 번역을 했다는 소식이 전해졌을 때는 영문 도안 접근이 어려웠던 많은 니터들이 열광했다. 또한 대부분 영어 도안으로만 나오는 외국의 뜨개 도안이 한국어로 번역되어 나오기 시작한다는 것은 한국의 뜨개 시장이 점점 커진다는 것이니 모두가 기뻐했다.

Tukuwool

걸러뜨기를 '얀 오버 Yarn over'가 아니라 줄여서 '요 Yo'라고 부르던 뜨개 1개월차 초보였지만 나는 뜨개에 관해 모든 것을 알고 싶고 도전하고 싶었다. "무식하면 용감하다"는 말이 있다. 나는 풍부한 지식을 갖고 있음에도 아무것도 하지 않는 사람보다는 지금은 몰라도 배울 용기가 있는 사람이 백 번 낫다고 생각한다. 그래서 함뜨가 열린다는 걸 알게 되었을 때 걱정은 되었지만 마리트 카디건에 도전하기로 했다. 초보가 사용하기엔 다소 고가인 원작실 투쿠

울 Tukuwool 을 구매하고 내가 정말 이걸 뜰 수 있을까? 아까운 실만 낭비하게 되는 건 아닐까 걱정을 안 했다면 거짓말이다. 하지만 나는 결국 마리트 카디건을 완성했다.

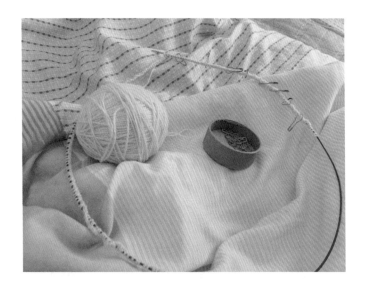

마리트 카디건을 뜰 때 가장 어려웠던 점을 물어보면 나는 페어아일도 스틱도 아닌 캐스트온이라고 할 것이다. 도안 상에서는 롱테일 캐스트 온 long-tail cast on 방법으로 코를 잡으라고 하였지만 함뜨방에서 튜블라 캐스트온 tubular cast on 을 본 나는 튜브 모양의 동그란 끝단이 너무 마음에 들었고 초보 주제에 튜블라 캐스트온으로 코를 잡기 시작했다. 하지만 튜블라 캐스트온 방법은 나에게는 너무 어려웠다.

영상을 수십 번 멈춰가면서 따라해봤지만 어째서인지 내가 한 것

은 예쁘지 않아 다시 하고, 틀려서 또 하고, 틀리지도 않았고 모양도
예뻤는데 잘못된 바늘 사이즈로 캐스트온을 해서 풀고 3일 내내 캐
스트온만 반복했다. 그렇게 3일이 지난 후 나만 바보라서 못하는 건
가 하는 자괴감과 속상함 그리고 점점 타오르는 오기, 라면처럼 꼬
불꼬불해진 실, 빈 바늘만이 남았다. 얼마나 무지했던지 꼬불꼬불
해진 실을 스팀을 줘서 다시 펴서 사용하면 된다는 것조차 알지 못
해서 거의 한 타래 분량의 실이 쓰레기통으로 버려졌다. 훗날 그 사
실을 알고 버려진 실이 아까워서 더 속상했다.

결국 캐스트온을 시작한 지 4일차가 되었을 때 주디스 매직 캐스
트온 방법을 이용한 튜블러 캐스트온 방법을 알게 되었고 마침내 마
음에 들게 캐스트온에 성공했다. 정말 최선을 다해서 노력했지만

시작이 두려운 니터들에게

결국 포기했던 것이 두 가지 있다. 하나는 앞서 말했던 튜블러 캐스트온이고 하나는 한자 외우기이다. 몇 해 전, 한국에 휴가 갔을 때 부모님과 함께 일본 오사카 여행을 한 적이 있었다. 구경을 다니다 배가 고파 야끼도리 식당에 들어갔다. 주로 현지인들만 오는 식당이었는지 메뉴판이 일본어뿐이었는데 그마저도 손글씨로 쓰여 있어 번역기가 제대로 글씨를 인식하지 못했다. 우리는 일본어를 못하고 직원들은 한국어나 영어를 할 수 없어 서로 식은땀을 흘려가며 번역기의 말하기 기능으로 겨우겨우 주문을 했다. 지금 생각해보면 한국인인 내가 일본어를 못하는 게 지극히 당연한 사실이지만 그때는 일본어를 못해서 음식 주문을 제대로 하지 못했다는 게 너무나도 자존심이 상했다.

휴가가 끝나고 더블린에 돌아오자마자 메뉴판을 읽겠다는 목표로 일본어 공부를 시작했다. 남편을 포함해 주위 사람들은 일본에 가봐야 일 년에 한 번인데 식당 메뉴판 읽겠다고 일본어를 왜 배우냐며 차라리 유럽에서 좀 더 활용하기 좋은 언어를 배우라고 했다. 일본어를 잘하는 친구들은 일본에 가서 어눌한 일본어를 사용하는 것보다 영어를 쓰는 게 대우 받기에 더 좋을 거라고도 했다. 하지만 나의 결심은 너무나 확고했다. 과외까지 받으며 일본어 공부를 했지만 나에겐 큰 장애물이 있었다. 나는 한자를 외우지 못했다. 한자만 보면 난독증 증세를 보이며 꼬부랑한 것들이 날아다녔고 겨우 외웠다 생각했는데 그 글자가 문장 내 다른 위치에 있으면 그 한자는

또 태어나서 처음 보는 한자 같았다. 한자를 외우려고 정말 많은 시간을 할애했고 좋다는 방법은 다 시도해 봤지만, 과외 선생님도 당황하셨을 정도로 나는 한자를 외우는 데 많은 어려움이 있었다.

함뜨를 진행할 때 뜨개를 꽤 오래해 왔다는 사람들에게도 "제가 과연 이걸 뜰 수 있을까요?"라는 질문을 종종 받는다. 뜨개를 업으로 하는 사람들의 입장은 다를 수 있겠지만 뜨개가 취미로 좋은 점은 해서 안 되면 그냥 그만해도 괜찮다는 것이다. 뜨개를 하면서 알게 된 뜨개친구들이 겨우 한 달 차였던 내가 마리트 카디건을 뜨고 난이도가 높은 프로젝트를 끝내면 뜨개 천재라고 치켜세웠지만 그것은 절대 내가 뜨개에 특별한 재능이 있어서가 아니다.

다소 무식해 보일 수도 있지만 나는 어떤 것이든 일단 한번 해보는 사람이다. 그리고 안 되면 될 때까지 한다. 하지만 많이 해도 안 되는 것이 있다는 걸 한자를 외우며 배웠고 굳이 무언가를 될 때까지 하지 않아도 괜찮다는 것을 뜨개를 하면서 배웠다. 나처럼 뜨개를 시작한 지 얼마 되지 않은 사람은 종종 처음 보는 뜨개 기법을 접하게 된다. 어떤 기법은 한 번만 봐도 곧장 따라 할 수 있지만 어떤 기법은 여러 번 영상을 봐도 잘 모르겠고 여러 번 시도해도 잘 안 될 때가 있다. 어떻게 보면 너무나 당연한 것이다.

스티브 잡스는 스텐포드 대학교 졸업식 축사에서 이렇게 말했다.

"You can't connect the dots looking forward. You can only connect them looking backward. You have to trust that the dots will somehow connect in your future."

("당신은 앞으로 일어날 일들에 대해서 연결성을 찾을 수 없을 것입니다. 뒤돌아봤을 때 비로소 그 연결성을 이해할 수 있습니다. 당신은 그 점들이 결국 당신의 미래에서 연결될 것이라고 믿어야 합니다.")

이 말을 뜨개에 적용해보면 새로운 기법에 도전함으로써 당신은 점을 찍고 있는 것과 같다. 지금은 불확실한 하나의 점일 뿐이지만 나는 그 점들이 언젠가 이어지는 날이 온다고 믿는다. 일단 해보고도 어려워서 지금 당장 할 수 없다면 던져두고 내가 할 수 있는 걸 뜨자!(물론 이렇게 또 문어발이 늘어난다……) 그리고 나중에 다시 또 도전해봐도 된다. 감히 뜨개는 그래도 괜찮다고 말하고 싶다. 지금은

시작이 두려운 니터들에게

하기 어려운 기법이지만, 나중에 다시 도전했을 때 그 사이 늘어난 뜨개 내공 덕분에 예전보다 쉽게 해낼 수 있게 되기도 한다.

다시 도전해도 못하겠으면 또 잠시 치워 두고 할 수 있는 다른 걸 뜨면 된다. 꼬불꼬불 라면처럼 말린 실은 스팀을 주면 되니, 내가 잃을 건 시간 정도밖에 없다. 하지만 그 시간 역시 결코 낭비한건 아니다. 결국은 그런 경험들이 모여서 내공이 쌓이고 언젠가는 할 수 있게 된다. 그러니 우리는 지금 점을 찍는 거라고 생각하고, 할 수 있을지 없을지 걱정할 시간에 일단 도전해보기를 바란다.

저스트 두 잇!

Elena by Junko Okamoto
mYak Baby Yak Lace, Tibetan Cloud

나는 여름에도 스웨터를 뜬다

이 글을 쓰고 있는 지금은 6월의 여름날이다. 어제는 날씨가 너무 좋고 해가 쨍쨍해서 반팔을 입고 있었는데 오늘은 아침부터 비가 오기 시작해서 쌀쌀하니 최근 완성한 쁘띠니트의 잉글리드 슬립오버를 입기로 했다. 잘못된 선택이었다. 울 100%로 뜬 이 조끼를 입으니 몸은 따뜻했지만 팔이 추웠다. 나는 추운 게 싫다. 하지만 더운 건 더 싫다. 남편과 연애하던 시절 나는 아일랜드 가정집에 에어컨은 둘째 치고 왜 선풍기도 없냐고 물어본 적이 있었다. 남편은 조금은 슬픈 얼굴로 "도대체 우리가 선풍기를 언제 써?"라고 되물었다. 그렇다. 아일랜드는 여름이라도 더운 날이 별로 없다.

1년 중 가장 무더운 달은 7월로 평균 온도는 20도 정도이고 아일랜드 기록상 가장 더웠던 날은 1887년 6월 26일의 33.3도라고 한다. 하지만 날씨가 우리를 희롱이라도 하듯이 락다운으로 집에만 있던 지난 2년간의 여름은 비가 자주 오지 않았고, 2021년 7월에는 사상 첫 고온 경보를 기록하며 25도를 넘긴 날이 5일이나 지속되었다. 한국에 사는 사람들이 들으면 웃을 일이지만 아일랜드의 기상청은 더운 날씨에 각별히 주의하라고 권고했고 그해 우리는 남편의 인생 첫 선풍기를 구입했고 나는 아일랜드에 살면서 처음으로 선풍기를 켰다. 더운 걸 싫어해서 365일 날이 맑고 좋은 대신 더운 것과 365일 춥고 비가 오는 것을 선택해야 한다면 난 고민하지 않고 후자를 선택할 것이다.

Uptown by Susie Haumann
4ply hand dyed yarn from The Yarn Gallery,
CaMaRose Midnatssol

나는 여름에도 스웨터를 뜬다

변덕스러운 아일랜드의 날씨를 싫어하는 사람들이 많다. 이 나라에서 태어나고 자란 아일랜드 사람들도 싫어한다. 간혹 한국인인 내가 아일랜드에 살고 있는 이유가 궁금한 아이리시들은 아일랜드에 살아서 좋은 점을 물어보곤 한다. 그때마다 나는 날씨라고 대답했고 10명 중 10명 모두 이상한 표정을 지었다. 그 정도로 나는 더운 게 싫다. 뜨개를 하지 않던 나에게 아일랜드의 날씨는 그저 덥지 않아서 좋은 날이었지만, 뜨개를 하는 나에게는 여름에도 울 스웨터를 입을 수 있어 최고의 날씨다.

조지 R.R. 마틴의 『얼음과 불의 노래』를 바탕으로 만든 〈왕좌의 게임 Game of Thrones 〉이라는 드라마에서는 겨울이 몇 년씩 지속된다. 스타크 가문은 "겨울이 다가온다 Winter is coming "라고 말하며 장벽 너머의 위협을 방어하기 위한 준비를 한다. 다람쥐는 겨울을 나기 위해 이리저리 뛰어다니며 도토리를 모아 겨울을 준비한다. 겨울의 스웨터를 겨울에 뜨기 시작하면 늦다. 니터라면 여름부터 겨울을 준비해야 한다.

그래서 나는 여름에도 겨울 스웨터를 뜬다.

인따르시아

한 가지 컬러 이상을 사용해서 뜨개를 하는 배색 뜨개 Colourwork Knitting 에는 실을 끌고 가는 방법과 방향에 따라 가로 배색 stranded knitting 과 세로 배색 인따르시아 Intarsia 가 있다. 뜨고 있지 않은 실도 끌고 가는 가로 배색과 세로 배색은 배색이 될 때마다 컬러를 변경해 주고, 실이 변경되면 그 전에 뜨던 실은 그 자리에 두고 간다. 예를 들어 한 단에 실이 빨주노초파남보의 무지개색이 있다면 7가지의 실을 주렁주렁 매달고 떠야 하기 때문에 대부분의 사람들은 인따르시아를 무서워한다. 물론 나도 매달려 있는 실을 보고 "이런 건 뜨는 게 아니라 사 입는 거야"라고 생각했다. 하지만 일본 뜨개 작가인 에리카 도카이의 회전목마 카디건을 뜨친 꼼싹님의 인스타그램에서 보았을 때 나는 사랑에 빠졌다. 그러나 인따르시아 기법을 사용해야 했고 게다가 원작은 스웨터이기 때문에 카디건으로 뜨려면 도안을 수정해야 했다. 일본어로 쓰인 도안도 처음이었고 조각조각 떠서 이어 붙이는 프로젝트도 처음이었다. 일단 시작부터 하고 보는 나도 걱정이 되어 망설이자 꼼싹님은 생각보다 쉽다고 할 수 있다며 응원해 줬다.

뜨개를 하는 사람들은 다들 왜 이렇게 따뜻한 걸까? 일면식도 없는 나에게 할 수 있다고 용기를 북돋아 주는 것도 모자라 뜨개를 하다가 모르는 게 있으면 흔쾌히 도와주겠다고 했다. 그래서 나는 꼼싹님을 내 마음대로 스승님으로 삼았다. 뜨기로 결정했으니 실을 주문해야 했는데 또 고비가 있었다. 원작 실은 일본에서 생산하는 실로 아일랜드는 물론이고 다른 유럽에서도 구입할 수 없었다. 하지만 감사하게도 일본에 거주하는 코코님이 대신 구입해서 아일랜드로 보내 주었다. 니터들은 정말 따뜻하다. 일본에서 실이 오는 동안 일서 도안을 읽는 방법도 배우고 유튜브의 인따르시아 영상을 다 찾아보면서 만반의 준비를 했다. 마침내 먼 일본에서 아일랜드까지 실이 도착했다. 코로나 때문에 추가금도 더 내야 했고, 배송을 받는 데 꽤 오랜 기간이 걸려서 실을 받았을 때 내 기분은 헤어져 있던 연인을 만난 기분이었다. 아니 그런 기분을 넘어 오랫동안 칼을 갈며 복수를 준비했던 원수를 만난 기분에 더 가까웠다.

"드디어 왔구나! 내 반드시 너를 떠 주고야 말겠다!"라는 생각으로 비장하게 택배 박스를 열었다. 블랙인 줄 알았던 바탕색의 실이 웬 똥파리 색이어서 당황하긴 했지만 일단 캐스트온을 했다. 하지만 실을 바꿔줄 때 어떤 장력으로 떠야 하는지 몰라 여러 번 풀고 차트를 잘못 봐서 또 풀기를 반복했다. 오랫동안 기다렸던 원수를 그냥 곱게 돌려보낼 수는 없는 법! 여러 번 풀면서 실을 변경해 주고 바뀐 컬러로 첫 코를 뜰 때는 조금 더 타이트하게 떠줘야 한다는 것을 터득하게 되었다. 그 후 컬러가 바뀌는 부분의 코가 매끄럽게 나왔는데 이때 너무 기뻐서 동네방네 뛰어다니며 만나는 사람마다 "저 이제 인따르시아 할 줄 알아요!"라고 말해주고 싶었다.

에리카 도카이 東海えりかの編み込みニット
ISBN-13 978-4529060288
Puppy Julika Mohair, Puppy Miroir Perle, Puppy British Eroika

장력 문제를 해결한 후의 고비는 실타래들이었다. 실타래들을 필요한 개수만큼 실 나비로 감아서 사용했는데 실들이 자기들끼리 엉켜 그걸 풀다 보면 풀지 말아야 할 실 나비의 실도 풀렸다. 화가 났다. 복수를 위해서 몇 년간의 수행 끝에 인따르시아 무공을 겨우 익혔는데, 복수하러 가는 길에 칼끝이 무뎌진 걸 발견한 기분이랄까? 실이 매달려 있어도 풀리지 않게 고정되는 무언가가 필요했다. 그래서 계속 집안에 그 무언가를 찾으러 다녔다. 여기저기 열어보고 뒤지고 다니는 나를 보며 남편은 도대체 뭘 찾느냐고 물어봤지만 대답해 줄 수 없었다. 나도 내가 뭘 찾는지 몰랐다. 그냥 실을 감을 수 있지만 실이 안 풀릴 수 있게 고정도 시킬 수 있는 무언가를 찾으러 다녔다. 그러다 십자수 실들을 보빈에 감아둔 박스를 발견했다. 이거다 싶어 나는 가만히 잘 감겨있는 십자수 실을 보빈에서 다 풀어 내기 시작했다.

나는 이제 무공도 익히고 칼도 잘 갈아 뒀으니 신나게 뜰 일만 남았다. 나의 스승 꼼싹님은 가로 배색이 색칠 공부라면 세로 배색은 그림을 그리는 거라고 하셨는데 나는 어느새 칼춤을 추는 망나니처럼 신명나게 실로 그림을 그리고 있었다.

한 코 한 단 뜰 때마다 말의 다리가 생기고, 머리가 보이니 멈출 수 없을 만큼 재밌었다. 하지만 편물이 커질수록 정리해야 할 실들이 늘어 갔고 실지옥이 이런 걸까 싶을 정도 해야 할 실 정리가 많았다. 어차피 미래의 내가 해야 한다면 현재의 내가 미리미리 하기로

했다. 그래서 나는 뜨개를 하다가 잠자리에 들기 한 시간 전에 뜨개를 멈추고 그 날 뜬 건 꼭 그 날 실 정리를 하고 잤다. 그렇게 뜨고 실 정리를 반복하며 바디인 뒤판과 앞판 2장을 완성했다. 그동안 주야 장천 뜨개를 하는 나를 보면서도 내가 특별히 보여 주지 않으면 큰 관심을 보이지 않았던 남편도 여러 번 보여 달라고 했기에 성취감으로 도파민이 과다 분비되었다. 팔도 평면 뜨기를 해야 하지만 그건 귀찮아서 팔은 코를 줍고 탑다운으로 떠서 완성시켰다. 내 인내심은 평면뜨기 3장까지였다. 사이즈도 맘에 들고 그냥 똥파리 색인줄 알았던 바탕실도 모든 배색 컬러와 잘 어우러졌다.

모든 프로젝트는 실 고르기부터 정말 고심해서 시작하고, 오랜 시간에 걸쳐 뜨기 때문에 전부 다 애착이 간다. 다른 사람이 볼 때는 그냥 한낱 카디건이겠지만 나에게는 인따르시아, 일서, 도안 변경

등 처음으로 도전하는 것들이 많았고, 특히 이 옷을 완성하도록 도 와준 꼼싹님과 코코님에 대한 감사의 마음이 담겨있어 정말 특별한 카디건이 됐다.

이렇게 인따르시아의 매력에 빠진 나는 여러 번의 인따르시아 프로젝트를 했다. 가장 기억에 남는 건 고양이 스웨터이다. 도안 작업을 따로 하지 않은 자작 도안이라 이름은 따로 없으니 그냥 고양이 스웨터라고 불렀다. 어디선가 동물들이 스웨터를 입고 사람처럼 앉아 있는 그림을 본 적이 있는데 그 뒤로 스웨터를 입고 있는 고양이를 뜨고 싶어 꽤 오랫동안 어떻게 뜰까 상상만 하다가 어느 날 갑자기 패턴을 그리고 실을 고르기 시작했다.

여러 가지 실이 후보에 올랐지만 존 아르본의 '닛바이넘버스 John Arbon Textiles Knit by Numbers'를 골랐는데 정말 탁월한 선택이었

Cat Sweater By Bana Kavanagh
John Arbon Knit by numbers

다. 실의 컬러도 다양하고 실의 촉감, 뜨는 맛 다 너무 좋았지만 냄새가 특히 좋았다. 사람마다 독특하게 나는 향기가 있다. 변태 같이 들릴 수 있겠지만 나는 엄마와 남편의 체취를 특히 좋아한다. 엄마는 자주 만날 수 없으니 남편을 볼 때마다 킁킁거리며 냄새를 맡는데 그 냄새를 맡으면 마음이 편안해진다. 이유는 모르겠지만 이 실의 울 냄새가 너무 좋았다. 나는 대부분 누워서 뜨개를 하는데 뜨개 편물을 가슴팍 위에 올려두고 뜨개를 하다 보면 코 밑으로 울 냄새가 스멀스멀 올라왔다. 그래서 뜨개를 하다가 참지 못할 땐 바늘을 내려두고 편물을 잡아 킁킁거렸다. 노파심에 말하자면 나 진짜 그렇게 이상한 사람은 아니다.

　나는 친한 뜨개친구들끼리 줌으로 만나 함께 뜨개를 하는 '줌뜨'

를 한다. 그리고 그 친한 뜨개친구들 중에는 아주 특별한 인연이 있는 친구가 있다. 나는 꽤 특이한 성을 가지고 있어서 내 성과 같은 사람을 만나는 게 흔한 일은 아닌데 이 뜨개친구는 나와 성이 같았다. 게다가 친구의 남편과 내 생일이 같다. 그것만으로도 신기했는데 알고 보니 우리 둘 모두 한국 어느 지역에 있는 작은 산부인과에서 태어났다. 뜨개가 아니었다면 평생 몰랐을 특별한 인연을 뜨개를 통해 만나게 되었다. 우리의 줌뜨는 한국이 밤이 되면 시작해서 새벽까지 이어질 때가 많다. 나는 퇴근한 후에 참여하고, 캐나다에 사는 이 친구는 아침에 일어나서 줌뜨에 참여한다. 그 옆에는 항상

인따르시아

이 친구의 귀여운 아들이 함께한다.

　어느 날 줌뜨를 끝내고 다른 뜨개를 하려고 침대로 왔는데 갑자기 노란색이 잘 어울리는 친구의 아들을 위해서 패턴을 그리고 싶어졌다. 그리고 이 패턴으로 옷을 떠 달라며 반강제로 선물을 했다. 고맙게도 그 친구는 정말 그 로봇 패턴을 이용해서 아들에게 야구점퍼 스타일의 카디건을 떠 줬다. 이렇게 멋지게 옷을 뜨다니 내가 뜬 것이 아닌데도 뿌듯한 마음이 들어 내가 그린 패턴으로 내 뜨친이 뜬 거라고 동네방네 자랑하고 싶을 정도였다.

　그리고 다른 줌뜨 멤버 친구들의 아이들을 위해서도 새 패턴을 그리고 싶은데, 다들 인따르시아를 하고 싶지 않은 눈치다. 그래서 나는 틈틈이 기회를 엿보고 있다.

1 참
0 거짓

컴퓨터에서 참 ^{true} 은 1, 거짓 ^{false} 은 0이다.

세상의 모든 일이 흑백논리처럼 참과 거짓만 있는 건 아니지만 컴퓨터는 똑똑한 바보이기 때문에 참도 아니고 거짓도 아니라면, 그것은 에러다.

그렇다면 뜨개는 어떨까? 내가 생각하는 뜨개는 컴퓨터처럼 참과 거짓 같은 정답이 없다. 핑거링 굵기의 실과 3mm의 바늘로 가로, 세로 10cm의 편물을 떴다. 이때 편물의 게이지가 28코 35단이라고 가정해보자. 같은 니터가 같은 실과 바늘로 56코를 캐스트 온해서 70단을 떴다. 그렇다면 편물의 사이즈는 가로, 세로 20cm일까? 정답은 '네' 혹은 '아니오'다.

마리트 카디건의 디자이너인 크리스틴 드라이스데일 **Kristin Drysdale** 작가가 인스타그램에 바늘의 길이만으로도 게이지가 달라질 수 있다고 포스팅한 적이 있다. 마리트 카디건을 뜬 테스터 니터 20명 모두가 같은 게이지의 편물을 위해 바디와 소매의 바늘을 다른 사이즈로 떴다고 했다. 또 마리 왈린 디자이너의 체스트넛 함 뜨에서 같은 실과 바늘로 평면 뜨기를 했는데 앞판과 뒤판의 게이지 차이로 편물의 길이 차이가 나서 애써 힘들게 뜬 편물을 푸르고 바늘 사이즈를 변경해서 다시 떠야 하는 니터도 있었다. 얼마나 많은 뜨개 기법을 아는지도 물론 무시할 수 없겠지만 뜨개 기법의 경우는 처음 보는 기법이라도 배울 수 있다. 하지만 같은 게이지를 처음부터 끝까지 유지하는 것. 그것은 하루아침에 이룰 수 없는 것이기에 바로 니터의 실력이라고 생각한다.

1 참 0 거진

한국에서는 일본 수예 보급협회의 교육과정인 보그 니팅을 수강 중인 니터들을 어렵지 않게 만날 수 있다. 대바늘 뜨개 과정은 입문, 강사과, 지도원, 준사범, 사범의 과정으로 세분화되어 있다. 패턴을 구입하고 그 패턴 안에서 필요한 기법 위주로 주먹구구식으로 배운 나에게는 뜨개에 관한 지식과 기법을 체계적으로 배울 수 있는 이 과정은 너무나 매력적이었다. 하지만 긴 커리큘럼과 오프라인으로 수업을 참석해야 하는 까닭에 해외에 거주하고 있는 이 과정들을 수 강하기란 불가능이었다.

뜨개에 대한 사랑이 깊어질수록 뜨개를 잘 하고 싶다는 마음은 점점 커졌고 그 뒤로 여러 가지의 레퍼런스를 구입해서 읽어보곤 했 지만 나는 좀 더 체계적으로 한 단계 한 단계 밟아나가는 과정이 목

말랐다. 해외에서도 할 수 있는 과정이 없을까 검색하다 TKGA The knitting guild association 에서 진행하는 MKP Master knitting program 에 대해서 알게 되었다.

TKGA는 미국의 니터들이 연합하기 위해서 'The Knitting Guild of America'로 시작했으나 미국 밖 다른 나라의 니터들도 포함하기 위해 협회 Association 로 이름을 변경했다. 처음 텍사스 댈러스에서 열린 모임은 수천 명이 모이는 연례 컨퍼런스로를 진행하고 「캐스트온 Cast On 」이라는 계간지를 발행하는 비영리 단체로 성장했다. 바로 이곳에서 운영하는 온라인 코스가 MKP이다. 3단계로 구성되어 있는 이 프로그램은 아쉽게도 수업을 듣고 배우는 방식이라기보다는 프로그램에서 제공하는 커리큘럼에 맞춰서 스스로 배우는 자기주도학습이다.

나는 현재 첫 번째 단계를 진행 중인데 이 레벨에서 요구하는 것은 블로킹에 관한 리포트 제출, 스와치 19장, 4개의 게이지 워크시트, 퀴즈 22개, 그리고 장갑을 떠서 내야 한다. 이 프로그램을 신청하기 전에 라벌리에서 이 과정을 먼저 경험한 니터들의 후기를 살펴봤다. 대학교 수준의 리포트를 작성해야 하고, 모든 리포트는 레퍼런스를 포함하고 있어야 하므로 관련 서적을 반드시 읽어야 했다. 그리고 퀴즈와 워크시트를 작성하고 요구사항에 맞게 스와치를 떠서 미국으로 보내야만 했다. 미국으로 보낸 과제는 마스터 핸드 니터들이 검토하게 되고 합격, 불합격에 대한 세부 피드백을 보내 준

1 참 0 거진

다. 통과하지 못한 숙제는 기간 내에 다시 해서 제출해야 하는 결코 쉽지 않은 과정이었다.

이렇게 첫 번째 과정이 끝나면 두 번째 레벨에서는 책 4권 리뷰, 뜨개 역사에 관한 리포트 제출, 스와치 19장, 퀴즈 19개, 페어아일 토시, 아가일 양말, 조끼 총 3개의 프로젝트를 내야 한다. 마지막 레벨인 3단계에서는 리포트 2개, 책 2권 리뷰, 매거진 2권 리뷰, 스와치 19장, 퀴즈 20개, 직접 디자인한 페어아일 혹은 아란 패턴을 이용해서 모자 하나와 스웨터를 떠서 숙제로 제출해야 한다. 이 모든 과정이 끝나야 비로소 손뜨개 마스터의 자격을 받을 수 있다. 회사 일을 하고 책을 쓰고 뜨개도 하며 조금씩 공부하고 숙제를 하고 있어서 진행은 빠르지 않다. 책에 모든 과정을 마친 후기를 적을 수 없어 참 아쉽긴 하지만 언젠가 손뜨개 마스터의 자격을 받았다고 공유할 날이 오지 않을까?

기다려라! 손뜨개 마스터, 내가 간다!!

편물의 뒤판과 앞판의 사이즈가 정확히 일치할 때의 희열

니터의 런던여행

"형님, 이제 집 계약했으니까 런던 놀러오세요."

언니라는 말은 쑥스러워서 절대 못한다며 나를 형님이라고 부르는 한 동생으로부터 연락이 왔다. 신발 디자이너로 일하는 이 동생은 일 때문에 튀르키예에서 지냈는데 그때 선물로 내 뜨개실을 사주었다. 한 달 전쯤에도 런던에 여행을 가서 이 친구와 만났지만, 그때는 튀르키예에서 런던으로 보낸 짐이 오지 않아 실을 받지 못했다. 조만간 다시 오겠다고 했는데, 이제 런던에 집도 계약했고 짐도 다 도착했으니 실 선물도 받아갈 겸 놀러오라는 연락이었다. 영국과 아일랜드는 따로 협정을 맺어 별도의 PCR검사 없이도 자유롭게 다녀올 수 있었기에 동생에게 실 선물도 받고 함께 놀면서 실 가게도 구경할 겸 나는 오케이를 외치고 비행기표를 예약해다.

뜨개를 하기 전 나의 여행의 목적은 첫째도 먹는 것, 둘째도 먹는 것, 셋째도 먹는 것이었다. '어머~ 저 멋진 곳을 직접 한번 보고 싶어'라는 생각은 별로 하지 않는 편인데, 맛있는 음식을 보면 '어머~ 저 맛있어 보이는 걸 꼭 직접 먹어 보고 싶어' 이런 생각은 자주 한다. 스페인 음식을 좋아해서 바르셀로나를 여러 번 여행했지만, 유네스코 세계 유산으로 유명한 안토니오 가우디의 구엘 공원은 근처에도 가본 적이 없다. 유적지나 관광명소는 언제라도 보고 싶을 때 가면 그 자리에 있겠지만 맛집은 언제라도 없어질 수 있다고 생각하기 때문에 관광보다는 먹는 게 먼저다.

하지만 이번 여행은 처음으로 음식이 아닌, 런던의 실 가게 방문이 목적이었다. 꽤 오래 전 런던에서 살았다. 하지만 그때는 뜨개를 하지 않았기 때문에 실 가게는 당연히 관심 밖이었고 어디 있는지도 몰랐다. 비행기표를 예약한 나는 구글 지도에서 가 보고 싶은 실 가게를 찾아 미리 책갈피를 해두었다. 이제 여행 준비는 반쯤 끝난 셈이었다. 나머지 반은 이 동생에게 선물하기 위해 뜨고 있던 2021년 겨울 핫 유행템 바라클라바를 출국 전까지 완성하는 것이었다. 원래는 크리스마스 선물로 보내 주려고 천천히 뜨고 있었지만 갑자기 런던을 가게 되었으니 직접 주고 싶었다.

대망의 여행 전날, 바라클라바를 챙기고 어떤 뜨개 프로젝트를 가져갈지 결정해야 하는 중요한 순간이 왔다. 옷이나 필요한 게 있으면 가서 사면 되지만 뜨개거리를 가지러 다시 집으로 돌아올 수는 없으니 어떤 걸 가져 가야 최대한 효율적으로 많이 뜰 수 있을지 고민해야 했다. 이동 중에도 뜨개를 할 수 있는 무메프로젝트 메리야스를 무한으로 해야하는 편물 과 그때 시작한 지 얼마 되지 않았던 기네스 함뜨 일본 서적의 아란 카디건을 뜨는 함뜨 프로젝트를 챙겼다. 이른 아침 비행이기 때문에 새벽부터 일어나 공항으로 향했고 출근을 해야 하는 남편과는 공항에서 헤어지고 나만의 런던 여행을 시작했다. 간단하게 짐을 챙겼지만 겨울인데다가 일주일의 일정으로 짐을 꽤 부쳐야 했다. 혹시라도 가방 속에 있는 바늘이 부러지지 않을까 걱정하며 수하물을 맡기고 입국장 면세점 안에 카페에 자리를 잡은 뒤 비행 시간 전까지 뜨개를 했다.

더블린에서 런던까지의 비행 시간은 약 한 시간 정도로 서울에서 제주도 가는 시간과 비슷하다. 가는 동안에도 뜨개를 하고 싶었지만 새벽에 일어난 탓에 피곤해서 잠들어 버렸고 눈을 뜨니 벌써 런던에 도착했다. 빠르게 짐을 찾고 동생의 집으로 가서 짧은 인사를 한 뒤 나는 가장 가 보고 싶었던 실 가게를 향했다. 아마 뜨개를 하지 않았다면 이런 곳이 있었을지도 모를 것 같은 작은 2층 건물에 위치한 룹 Loop 앞에 섰다. 너무 궁금했던 곳이라 들어가기 전에 마치 소개팅을 앞두고 있는 사람처럼 두근두근 설렜다. 유튜브에 짧게라도 실 가게를 소개하고 싶어 촬영 허락을 받고 구경을 시작했다. 최

근에 높은 건물이 조금씩 들어서고 있지만 더블린은 스카이라인을 위해 높은 건물을 지을수 없는 규정이 있다. 그렇기에 더블린에서는 시야의 반 이상이 하늘이다. 항상 하늘을 보며 걷다가 갑자기 건물로 가득차 버리는 서울에 가면 눈을 어디에 둬야 할지 몰라 정신이 혼미할 때가 있다. 처음 들어가서 실 진열장을 봤을때가 서울에 가서 높은 건물들을 볼때의 마음과 같았다.

실이 너무 많아서 도대체 어느 실부터 봐야 할지 몰랐다. 이럴 줄 알았으면 인터넷에서 보고 싶은 실 리스트라도 좀 준비해 올 걸 후회했다. 잠시 망설이다 2층부터 보고 내려와서 1층을 본 뒤 계산을 하는 동선을 세웠다. 신중에 신중을 기하며 레이니님 유튜브에서 보고 나중에 떠 봐야지 했던 봉지 가방을 뜨기 위해 칭 파이버 Cing Fibre 의 청키실 한 타래와 그동안 인터넷에서 구경만 했던 에덴 코티지 얀스 Eden Cottage yarns 의 핑거링 굵기의 실, 비올라 Viola 의 미니 타래 세트, 이토 얀 Ito Yarn 의 센사이 Sensai 모헤어를 장바구니에 담았다. 많이 샀다고 룹 10주년 기념으로 팔고 있던 프로젝트 백도 선물로 줬다. 포인트카드에 도장까지 야무지게 받은 후 아쉬운 마음을 뒤로하고 그곳에서 나왔다.

또 가고 싶었던 실 가게는 일반 뜨개를 위한 실을 파는 곳이 아닌 머신니팅을 위한 콘사를 판매하는 니트 웍스 런던 Knit Works London 이었다. 벽 쪽의 실장에는 정말 뜨개실에서는 보기 힘든 다양한 색들의 실들과 울 100%의 실을 포함해서 다양한 합성섬유 실들을 구경할 수 있었다. 조금 이른 시간에 방문한 탓에 손님들이 없

어서 민폐가 되지 않을까 싶어 오래 구경하지는 못했다. 계산할 때 점원이 학생은 할인되는데 학생증 있냐고 물어봐서 기분이 좋았다. 동양인은 나이보다 어리게 보는 경우가 많아 가끔 학생증이나 신분증이 있는지 질문을 받지만 이런 말은 정말 들어도 들어도 질리지 않는다.

이렇게 동생이 일하는 낮에는 실 가게를 구경하고 맛있는 걸 먹으러 다니며 시간을 보냈다. 오랜만에 런던에서 뮤지컬도 보고 저녁에 동생이 퇴근하면 같이 놀며 런던에서의 일주일을 즐겁게 보냈다. 이제 다시 더블린으로 돌아가야 하는 날이 되었다.

다른 지역으로 출장을 가는 동생과 아침 일찍 헤어지고 나는 어디든 가서 자리를 잡고 뜨개를 할 생각이었다. 그러다 점심시간이 되면 한국 식당에 가서 차돌박이를 먹고 공항에 가려고 했다. 공항

에 가기 전 레고 스토어에 잠시 들렀다. 아란 스웨터를 입고 있는 레고 피규어를 만들다가 시간 가는 줄 몰랐다. 결국 나는 비싼 런던 택시를 타고 기차역까지 가서 겨우겨우 시간에 맞게 공항에 도착할 수 있었다. 더블린에 오는 비행기에서는 어떻게든 반드시 뜨개를 하려고 했는데 또 잠이 들어 버렸고 눈을 뜨니 더블린 땅에 도착했다. 마중나온 남편을 만나 집으로 돌아와서 자랑스럽게 캐리어를 열어 갖가지 실을 자랑하는것으로 런던 여행을 마무리했다. 나는 세계 여행을 꿈꾸지는 않는다. 하지만 전 세계 곳곳의 실 가게를 모두 다 가보고 싶다는 생각은 한다. 니터의 다음 여행지는 어디가 될까? 그리고 그곳에서는 어떤 실을 살까?

내가 떠올린 행복한 장면들과 말들, 그리고 꿈!

당신이 뜨개에 중독되었다는 증거들

🧶 쉽게 살 수 있고, 사는 게 더 저렴한데 굳이 뜨려고 한다.

🧶 이미 문어발이 넘치고, 뜨려고 사둔 도안이 많은데도 라벌리에서 다른 도안
을 구경한다.

🧶 여행 갈 때 실 가게를 검색해본다.

🧶 화폐의 단위는 실 가격이다. 이 가격이면 실이 두 타래인데……

🧶 뜨개와 실 구입은 별개의 취미라고 생각한다.

🧶 인스타그램에서 뜨개 계정 만들었다.

🧶 니트를 보면 저 옷은 어떤 기법을 사용했는지 궁금하다.

🧶 뜨개 하면 되니까 기다리는 시간도 괜찮다.

🧶 함뜨 신청하려고 알람 맞추고 기다린 적 있다.

🧶 외출 시 뜨개를 할 수 있을지 없을지 모르지만 일단 뜨개 거리를 챙긴다.

🧶 뜨개를 해야 해서 약속을 잡지 않은 적이 있다.

🧶 뜨개가 하고 싶어서 모임 중인데 빨리 집에 가고 싶다.

🧶 직접 실을 염색한 적 있다.

🧶 뜨개 하다가 밤을 새운 적 있다.

🧶 실을 구입하려고 직구를 하거나 실켓팅을 해 본 적이 있다.

🧶 뜨개 모임 혹은 줌뜨에 참여해 본 적이 있다.

🧶 생일선물로 실이나 뜨개 용품 받는 게 가장 좋다.

🧶 뜨개를 하기 전에 도대체 뭘 하고 살았는지 의문이다.

🧶 뜨개를 할 수 있는 상황인데 뜨개거리가 없으면 너무 속상하다.

🧶 핸드폰 앨범, 갤러리가 뜨개 관련 사진으로 가득하다.

🧶 드라마나 영화를 본 후 줄거리나 배우보다 거기 나왔던 뜨개 옷이 더 기억
에 남는다.

🧶 뜨개를 하면서 유튜브 뜨개 영상을 틀어 놓고 본다.

당신이 뜨개에 중독되었다는 증거들

미치려면
저렇게 미쳐야 하는데

"미치려면 저렇게 미쳐야 하는데 아주 잘 미친 좋은 예"

내가 디자인한 첫 도안을 출시했다고 했을 때 한 지인이 내게 했던 말이다. 칭찬인지 욕인지 조금 헷갈렸지만 이상하게 미친 게 아니라 잘 미쳤다고 하니 칭찬으로 받아들이기로 했다.

아일랜드는 비가 많이 오는 나라다. 소나기처럼 비가 많이 내리면 우산을 쓰겠지만 우산을 써야 할지 말아야 할지 애매하게 부슬부슬 비가 온다. 근데 문제는 비가 옆으로 올 때가 많다. 친구들에게 이렇게 말하면 재밌다고 웃는데 매번 당하는 사람은 하나도 안 웃기다. 우산을 써도 옷이 젖는 일이 부지기수다. 더 슬픈 사실은 비만 많이 오는 게 아니라 바람도 많이 분다. 길거리에 보면 후드 달린 옷을 입은 사람을 많이 볼 수 있는데 이건 패션이 아니라 우산을 쓰고 바람에 저항하며 천천히 걷느니 모자를 쓰고 뛰어가는 편이 빠르기 때문이다. 우리에겐 일종의 생존 방식이다. 그래서 비가 올 때도 입을 수 있는 모자가 달린 옷이 갖고 싶었다.

'후드는 머리에 걸치는 게 아니라 썼을 때 제대로 머리를 감쌌으면 좋겠어. 후드는 빗물에 쉽게 젖으면 안 되니까 실은 좀 두툼한 걸로 떠야겠지? 두꺼운 실로 뜨면 겨울에 코트나 패딩 안에 입었을 때 팔이 불편하니까 조끼가 좋겠다. 아~ 후드가 바람에 벗겨지면 안 되니까 지퍼를 달아서 비가 올 때는 지퍼를 잠가 고정하고 그렇지 않을 땐 지퍼를 내려야지......'

Ladybug Yarn Mega Mohair Robin

미치려면 저렇게 미쳐야 하는데

이런 생각으로 만든 옷이 바나 후디 베스트였다. 10~15cm의 여유 핏을 두고 두꺼운 실로 청키 청키한 느낌으로 만들고 싶지만 그렇다고 옷이 무거워지는 건 안된다. 그래서 레이디버드 얀의 DK 굵기의 메가 모헤어 핸드다잉 얀과 누티덴 2겹을 합사해서 7mm의 바늘로 떴다.

고무단은 내가 좋아하는 꼬아뜨기를 하고 핸드다잉 얀의 느낌을 살리기 위해서 무늬는 넣지 않고 메리야스 뜨기를 하고 지퍼를 달기 위해 앞부분을 트고 바디를 완성했다. 하지만 모자를 뜨다가 문득 이렇게 하면 모자 부분에 따로 고무단을 떠 줘야 하니까 지퍼가 달리는 부분과의 연결이 매끄럽지 않을 것 같다는 생각이 들었다. 그래서 고민 끝에 거의 완성한 옷을 풀고 지퍼 부분부터 아이코드 엣징을 넣으면서 다시 떴다.

개발자라는 직업을 갖고 있는 사람들이 좀 지나칠 정도로 논리적이지 않나 생각하는 사람들이 꽤나 많은 것 같다. 하지만 개발을 할 때도 주어진 문제를 해결하기 위해서는 다양한 접근 방법이 필요하기 때문에 창의적이고 유연한 사고가 필요하다. 나에게는 옷을 디자인하는 과정도 문제 해결을 하는 프로그래밍과 비슷했다. 내가 입고 싶은 옷이 시중에는 없다는 문제가 있었기에, 갖고 있던 대바늘을 이용해서 직접 원하는 만드는 것으로 문제를 해결했다. 프로그램과는 달리 사람들의 취향에 따라 '예쁘다', '안 예쁘다'로 결정되는 결과물을 보는 것도 흥미로웠다.

사실 내가 입고 싶고 필요해서 옷을 만들었을 뿐 도안을 만들고 출시할 생각까진 없었다. 니트웨어를 전공한 것도 아니고 정식으로 뜨개 수업을 받은 적도 없는 내가 감히 패턴을 만들어도 괜찮을까 하는 생각이 컸기 때문에 도안을 만들기까지 고민이 많았다. 그러다 문득 앞에서도 얘기했던 스티브 잡스의 대학교 졸업식 연설 내용 중 점과 점을 연결하는 이야기가 생각났다.

뜨개를 시작하고 얼마 지나지 않아 내가 입고 싶은 옷을 머릿속에서 상상하며 도안을 검색할 때, 원하는 것을 찾을 수 없는 경우가 많았다. 그럴 때마다 직접 디자인해서 입을 수 있으면 좋겠다는 생각을 했고 디자인 관련 도서와 인터넷 검색 자료들을 틈틈이 읽으며 공부했다. 그 과정들 역시 모두 점을 찍어 왔던 것은 아닐까? 그리고 도안이라는 결과물로 점과 점을 연결하는 건 아닐까? 이런 생각으로 도안 작업을 시작했다.

도안을 만드는 과정은 생각했던 것 이상으로 재미있었다. 내가 주변에서 봤던 많은 개발자들은 개발자는 코드로 말하는 것이라며 대개 문서화 하는 걸 좋아하지 않았다. 하지만 나는 하는 일의 특성상 정말 복잡한 로직으로 구성된 프로그램을 많이 만진다. 그렇기에 지금은 확실히 기억하는 것 같아도, 내일의 나를 100% 믿을 수는 없어서 이 문서를 읽는 사람이 미래의 나를 포함해 7살이라는 생각으로 문서를 만든다. 도안을 만들 때도 최대한 가독성 좋게 모호한 표현 없이 7살 아이가 본다고 생각하며 도안을 만들려고 노력했다.

미치려면 저렇게 미쳐야 하는데

디자인이야 취향에 따라 달라지기 때문에 내가 만든 옷이 안 예쁘다고 하는 건 납득할 수 있지만, 도안의 가독성이 좋지 않아 즐거워야 하는 뜨개가 화나는 경험이 되는 건 참을 수 없는 일이다.

도안을 다 완성하고도 출시할지 말지 결정하기 전에 테스트를 한 번 해보기로 했다. 친하게 지내는 뜨친들 중 친하다고 무턱대고 칭찬해주기보다 냉정하게 평가를 해줄 수 있는 레이니님, 하임님, 옐님, 한나님에게 도안 테스팅과 함께 평가를 부탁했다. 이들이 조금이라도 문제를 제기하면 도안은 그냥 좋은 추억으로 남길 생각이었다. 그런데 다행히도 모두가 합격점을 주었고, 즐거운 마음으로 도안을 출시할 수 있었다. 첫 도안을 출시하고 나니 나는 그때 그 지인의 말처럼 정말 미쳐도 아주 잘 미친 그런 예가 되었다.

뜨개구리

나: Have you got wires? (철사 있어요?)

점원: What is it for? (뭐하는 데 쓸 건데요?)

나: Frog! (개구리요!)

자꾸 인스타그램 추천 피드에서 대바늘로 뜬 개구리가 나왔다. 개구리의 옷을 만들어주는 영상으로 트위터에서 수천 회 리트윗된 인기 콘텐츠였는데, 바로 클레어 갈랜드 Claire Garland 작가의 개구리 Frog 였다. 국내에서도 높아진 '뜨개구리'의 인기로 마리트 카디건을 번역한 단비님이 한국어로 번역했고, 뜨개를 하지 않는 사람들도 이 영상을 보고 뜨개구리를 뜰 수 있도록 많은 니터들이 수고

했다. 양서류를 좋아하지는 않지만 자꾸 보니 귀여웠고 니터인 나
도 뜨개구리 열풍에 동참하고 싶어졌다. 실은 집에 있는 것을 활용
하고 개구리 다리가 자유롭게 움직이려면 다리 안에 철사를 넣으면
더 좋을 것 같았다. 그래서 한국의 철물점과 비슷한 하드웨어 스토
어에 가서 철사를 찾았다. 철사가 어딨는지 물어보자 뭐에 쓸 거냐
고 되묻는 점원에게 나는 그냥 '개구리'라고 짧게 답했다. 점원의 표
정이 조금 이상해졌지만 굳이 개구리를 뜨겠다고 자세히 설명할 필
요는 없어 보여 철사만 사서 빠르게 집으로 돌아왔다. 그렇게 완성
한 나의 뜨개구리를 공개한다.

뜨개구리

Frog by Claire Garland
DROPS Air from Garnstudio, Nutiden from Höner och Eir

나의 뜨개 간식들

　남들은 공항에 갈 때, 특히 인천공항에 갈 때 가장 설렌다고 하던데 나는 인천공항을 생각하면 참다 참다 결국은 눈물을 흘리시고야 마는 엄마가 생각나서 슬프다. 하지만 새벽 4시든 밤 11시든 문어발을 씹으며 인천공항을 가는 내 모습이 생각나 웃음 짓기도 한다. 지금은 스마트폰이 있어서 원할 때는 언제든 한국으로 연락을 할 수 있는 시대이지만 처음 유학 왔을 때는 공중전화 카드처럼 생긴 선불카드를 사서 국제전화를 해야 했다. 10유로짜리를 구입하면 약 10분 정도 한국에 전화할 수 있을 정도로 통화료는 매우 비쌌다. 그 비싼 통화요금을 내고 주로 하는 이야기는 뭐가 먹고 싶은지 그런 거였다. 소 곱창, 닭발, 멍게와 회를 비롯한 각종 해산물들과, 아귀찜

등등... 그리고 항상 문어발이 먹고 싶다고 이야기했던 것 같다.

　언제 처음 문어발을 먹었고 언제부터 좋아하게 됐는지 기억나지도 않을 만큼 아주 어린 시절부터 문어발을 좋아했다. 평생 하나의 간식만 먹어야 한다면 두 번 생각할 필요도 없이 문어발이다. 나는 특정 브랜드의 문어발을 먹는데 주변에 뜨개 친구들은 문어발을 브랜드까지 따져 먹는 사람은 처음 봤다며 신기하다고 했다. 라면도 브랜드를 따지고 심지어 물도 브랜드를 따져 마시는 사람도 있는데 문어발을 브랜드를 따져 먹는게 그렇게 신기한 일인가 싶기는 하다만, 아무튼 그렇게 사랑하는 문어발은 뜨개를 할 때도 최고의 간식이다. 문어발 다리 하나를 뜯어 입에 물기만 하면 손을 따로 쓰지 않고 그냥 씹기만 하면 된다. 게다가 과자처럼 부스러기 같은 것이 손이나 편물에 묻지 않아 1석2조다.

　다음으로 좋아하는 간식은 폴란드 소시지 카바노치 Kabanos 다. 폴란드 출신인 친구가 처음 먹어 보라고 줬을 때는 그냥 거절하지 못해 먹었다. 새로운 음식에 도전하는 것도, 소시지를 먹는 것도 특별히 좋아하지 않지만, 그저 내 반응을 기대하는 친구의 초롱초롱한 눈빛 때문에 한 번 먹어 준 것이었다. 그런데, 맛있었다. 너무 맛있어서 결국 친구 것도 다 뺏어 먹었다. 한 입 베어 물었을 때 소시지의 짭짤하고 부드러운 돼지고기 맛과 더불어 실온에 놓여 있던 지방이 함께 어우러져 너무 맛있었다. 그 뒤로는 친구에게 학교 끝나고 카바노치 사러 가자고 폴란드 마켓에 자주 함께 가곤 했다.

남편은 나보다 새로운 음식을 시도하는 것을 더 꺼리는 편이다. 오래 전 우리는 인도 카레를 먹어 보자며 여러 가지 종류의 인도 카레를 배달시킨 적이 있는데, 그때 우리는 모든 메뉴를 한 스푼 정도만 먹어보고는 '그냥 앞으로는 먹던 거 먹자' 그렇게 얘기했다. 맛있으니까 한번 먹어보라고 권했을 때도 남편은 별로 먹고 싶지 않은 눈치였다. 하지만 이 마법의 소시지는 남편의 입에도 잘 맞았던지 우리는 매일 밤 카바노치를 뜨게 되었다. 뜨개를 하다 보면 배가 고픈데 한 단만, 한 단만 더 하면서 손에서 편물을 놓지 못할 때가 있다. 그럴 땐 얼른 카바노치를 꺼내 와서 콜라 한 캔을 마시면 허기를 잠깐 달래고 뜨개를 할 수 있다.

BANA Hoodie Sweater by Bana Kavanagh
Life in the Long Grass Highland DK

나의 뜨개 간식들

오늘은 꼭 이 부분까지 끝내야지 하면서 피곤함을 참고 뜨개를 할 때가 있다. 집중해서 뜰 때는 몰랐지만 이쯤 하면 됐나 싶어 편물을 펼쳐서 확인할 때가 있는데 그때 틀린 걸 발견하면 말로 표현할 수 없을 정도로 속상하다. 한두 단 풀어서 해결할 수 있는 건 그래도 괜찮지만 하필이면 오늘 시작한 부분부터 전체가 다 틀려서 오늘 한 것을 모두 다 풀어야 할 때는 도대체 내가 뭘 한 건가 싶어 속상하고 허무하다. 그럴 땐 부드럽고 달콤한 초콜릿을 진정제로 투입할 타이밍이다. 초콜릿 선수, 어서 들어오세요! 초콜릿을 한 조각 입에 넣으면 속상했던 마음이 누그러지고 어느새 "욕심 부리며 달리다가 넘어졌군. 내일 다시 해야지!"라는 생각과 함께 마음이 좀 편안해지고 진정된다.

손에 부스러기나 이물이 묻는 과자는 뜨개 간식으로 별로다. 하지만 과자가 먹고 싶을 때가 있다. 그럴 때 나는 입을 벌려 과자 봉지를 입안으로 털어 넣는다. 이때 조준을 잘못하면 과자가 입 옆으로 떨어지고 가슴팍을 한번 튕겼다가 편물로 떨어진다. 재빨리 순발력을 발휘해 편물을 치울 때도 있지만 꽤 높은 비율로 편물 위에 불시착한다. 입 옆에 묻은 과자 부스러기를 달고 구시렁거리며 마당으로 나가 편물에 묻은 과자 부스러기를 털고 있으면 그냥 왠지 웃음이 난다. 그래도 스며들어 닦아낼 수 없는 음료가 아니라, 털어낼 수 있는 과자 부스러기 정도는 괜찮다고 애써 위로해 본다.

이렇게 간식을 먹으면서 뜨개를 하다가 문득 뜨개라는 행위에는 칼로리 소비가 없다는 것을 깨달았다. 하지만 가끔 뜨개를 하다가 실이 침대 밑으로 떨어지면 운동 아닌 운동을 하게 되기도 한다. 그럴 때 나는 코어에 힘을 주고 상체만 길게 늘어트려 실을 줍는다. 이건 좀 그래도 코어 운동이지 않을까?

클래식이여 영원하라

　뜨개를 하면서 좋은 점은 내가 원하는 디자인과 핏, 느낌 그리고 컬러를 골라서 뜬 옷을 마음껏 입을 수 있다는 것이다. 뜨개를 하고 나서부터 가장 뜨고 싶었던 패턴이 특별히 세 개 정도 있었다. 타탄체크, 하운드투스, 아가일 패턴으로 모두 오랫동안 사랑받아온 클래식한 패턴이다.

　뜨개를 하기 전이라면 입고 싶은 옷을 찾아 백화점, 쇼핑몰을 돌아다녔을 테지만 뜨개를 하고 있으니 하나씩 직접 만들어 보기 시작했다. 처음으로 디자인하고 캐스트온 한 옷은 타탄체크로 만든 트리니티 카디건이다. 타탄체크는 여러 가지의 컬러가 가로 세로 방향으로 교차되어 있다. 보기에 예쁜 패턴을 그리는 것은 어렵지 않

앉지만 뜨개에 적용해서 실제 뜨개를 할 때 어렵지 않게 패턴을 만드는 건 결코 쉽지 않았다. 패턴을 그려 보고 스와치를 내고 마음에 들지 않아 풀기를 수십 번 반복하다가 마침내 뜨기에도 어렵지 않고 마음에 드는 타탄체크 패턴을 그릴 수 있었다. 가지고 있던 실로 고무단 일부분을 포함해서 스와치를 떴다. 패턴은 마음에 들었지만 실이 주는 느낌은 마음에 들지 않았다. 그래서 스와치를 들고 어울리는 실을 찾기 위해 실 가게를 찾았다. 이 실 저 실 비교해보다 스튜디오 도네갈에서 나오는 트위드 아란의 차콜 컬러를 보고 딱 좋겠다 생각했다. 차콜이지만 살짝 블랙에 가까운 컬러에 오렌지 네프가 있는 이 실이라면 내가 원하는 편물의 느낌을 살리기 좋을 것 같

았다. 이 실에 맞춰 오렌지 색깔의 실을 사서 집으로 왔다. 다시 한 번 스와치를 떠 보고 게이지에 맞춰 디자인을 구상한 뒤에야 겨우 캐스트온 할 수 있었다.

Trinity Cardigan By Bana Kavanagh
Studio Donegal Aran Tweed, Soft Donegal
Biches & Buches Le Gros lambswool

직선이 가로와 세로에 다 있어서 가로는 페어아일 기법으로, 세로는 인따르시아 기법으로 두 가지 기법을 사용해서 떴기 때문에 다른 옷에 비해서 손이 많이 갔다. 그래도 내가 뜨고 싶은 옷을 직접 뜬다는 생각 때문에 힘든지도 몰랐다. 사실 이 옷은 가장 먼저 캐스트온을 해서 가장 늦게 바인드오프를 한 옷이다. 왜냐하면 중간에 갑자기 하운드투스 체크패턴을 이용한 조끼 코코 베스트와 아가일 패턴을 이용한 플루비에 카디건을 떴기 때문이다.

클래식이어 영원하라

코코 베스트는 하운드투스 패턴을 이용한 조끼이다. 기성품과 비슷하지만 좀 더 섬세한 하운드투스 패턴, 하지만 타탄체크와 마찬가지로 뜨개를 할 때도 불편하지 않아야 하므로 패턴을 그리고 스와치를 떠보고 푸는 과정을 수 없이 반복한 후에야 6코 패턴으로 하운드투스 패턴을 만들었다. 가까운 뜨친 중에 보통 사람의 눈에 안 보이는 실수를 기가 막히게 찾아내 매의 눈이라 불리는 리히님이 있다. 코코 베스트의 바디를 거의 다 떴을 쯤이었다. 자랑하기 위해 단톡방에 사진을 올렸는데 리히님의 답글이 왔다.

"바나, 나 뭐 하나 봤는데 얘기해도 돼?"

CoCo Vest by Bana Kavanagh
Walcot Yarns Opus

불안하다. 이건 분명히 어딘가 틀렸다는 소리다. 나는 아무리 봐도 어디가 틀렸는지 모르겠는데, 알고 보니 암홀 아래 부분에 패턴 한 줄을 뜨지 않은 엄청난 실수를 저질렀던 것이다. 예전에 다른 프로젝트의 함뜨를 할때 친한 뜨친인 쮸님이 아직 패턴을 못 외웠냐고 물어 봤던 적이 있다. 그때 나의 대답은 이랬다.

"아니, 안 외웠어. 차트를 한 줄 한 줄 보고 떠도 틀리기 때문에 애초에 차트를 외워서 뜰 생각이 없었거든."

그렇다. 나는 패턴을 보고 뜨개를 해도 틀린다. 단톡방에서는 모두가 저게 어떻게 보이냐고 난리가 났지만, 혹시라도 틀릴까봐 한 줄 한 줄 체크하면서 뜨는데도 틀리는 내가 너무 미웠고 울고 싶었다. 하지만 모르면 몰랐지 알게 된 이상 그냥 둘 수는 없었다. 틀린 부분을 잘라버리고 새 실을 연결해서 뜨고 싶은 마음이 굴뚝같았지만 비싼 실이 아까워서 나는 결국 다 풀고 땀을 흘리며 꼬불꼬불해진 실에 스팀을 쐈다. 흘리는 땀처럼 내 마음도 눈물로 가득했다.

이렇게 코코 베스트를 완성하고 도안을 출시한 뒤 다시 트리니티 카디건을 뜨려고 했다. 그런데 갑자기 아가일 패턴을 이용한 카디건이 뜨고 싶어졌다. 양양하고 러스틱한 느낌의 편물에 아가일 패턴이 큼지막하면 좋을 것 같아 패턴을 그리기 시작했다.

193

Pluviae Cardigan By Bana Kavanagh
Hjelholt Uldspinderi Dansk Pelsuld 8/2, Ito Sensai

인따르시아는 차트가 복잡할수록, 사용하는 실의 컬러가 많아질수록 걸어야 하는 실의 수도 많아진다. 아가일을 크게 한 덕분에 실을 가장 많이 걸어야 하는 뒤판도 9개 밖에 걸려 있지 않았기 때문에 최단 시간으로 바디를 완성한 옷이 아닐까 싶다. 그만큼 뜨는 과정이 즐거웠지만 소매 부분은 머리가 좀 아팠다. 소매에도 아가일이 들어가면 아가일이 너무 커서 잘 보이지 않을 것 같아 소매는 메리야스를 뜨기로 했기 때문에 간단하게 뜰 수 있을거라고 생각했다. 그런데 계산한 대로 떴더니 핏이 마음에 들지 않아서 여러분 풀고 나서야 소매를 완성 할 수 있었다.

버튼 밴드는 기성품처럼 깔끔한 느낌을 주고 싶어서 더블니팅으로 진행했다. 카디건을 뜨기로 결정을 하면 캐스트온을 하는 순간

클래식이어 영원하라

부터 어떤 단추를 달 것인가 고민하게 된다. 무거운 단추를 달 경우는 뜨개 편물의 특성상 늘어지기 쉽기 때문에 나는 편물의 앞에 단추를 달며 뒤편에 늘어짐을 방지해 주는 작은 단추를 같이 단다. 그런데 사둔 작은 단추가 다 떨어졌기 때문에 남편의 오래된 셔츠를 희생하여 단추를 이식해 달아 줬다.

그렇게 해서 탄생하게 된 플루비에 카디건. 이 플루비에라는 이름은 친하게 지내고 항상 나를 응원해주는 뜨친의 닉네임 레이니의 라틴어 버전인 플루비에에서 왔다. 어떤 배색을 해도 예쁜 플루비에 카디건을 하나 더 뜨고 싶어서 실을 주문했고 도안 출시에 맞춰서 다른 뜨친님들이랑 같이 함뜨를 했다. 여태까지 한 함뜨 중에서 가장 눈호강을 한 함뜨가 아닐까 싶다. 하지만 보는것마다 다 예뻐 아무래도 세 번째 플루비에도 곧 뜨게 될 것 같다.

요즘은 직접 디자인해서 입고 싶은 도안보다는 뜨고 싶은 도안들이 많이 생겨서 도안을 구입해서 뜨개를 하고 있는데 아주 편하고 좋다.

Pluviae Cardigan By Bana Kavanagh
Biches et Buches Le Lambswool

Second Sleeve Syndrome

옷을 뜰 때 팔이 두 개인 우리는 같은 것을 두 번 떠야 한다. 그래서 많은 니터들이 왜 팔은 두개인 거냐며 'Second Sleeve Syndrome(소매 뜨기 싫어 병)'에 걸리곤 한다. 하지만 잠시 생각해 보자. 팔이 두 개가 아니라 하나라면 우리는 아예 뜨개를 할 수도 없다. 혹은 팔이 네 개라면 바늘을 두개 들고 두 개의 프로젝트를 동시에 진행할 수 있다는 장점이 있겠지만 똑같은 팔을 네 번이나 떠야 한다고 상상해 보자. 생각만해도 싫지 않은가. 그래서 팔은 두 개가 적당하다.

양말도 마찬가지다. 양말도 팔처럼 두 번을 떠야 한다. 혹시 양말은 한 짝만 신고 한 짝은 맨발로 다니겠다고 하거나 짝짝이로 신어도 상관없다고 한다면 그 역시 개인 취향으로 존중한다. 하지만 일반적으로 양말은 두 짝을 떠야 한 켤레로 완성이 된다. 그래서 양말을 뜨는 니터들은 'Second Sock Syndrome(양말 한 쪽 뜨기 싫어 병)'에도 걸려본 적이 있을 것이다. 물론 나도 마찬가지다. 빠르게 완성되는 첫 번째 양말과 다르게 똑같은 걸 또 떠야 하는 두 번째 양말은 매우 느리게 완성되거나 완성을 하지 못한다. 혹은 아예 시작도 못하는 경우도 많다.

두 짝을 한 번에 뜨는 것을 'TAAT Two at a time socks'라고 한다. 양말 한 켤레를 완성하기 전까지 다른 양말은 캐스트온 하지 않기, 그리고 한 켤레 끝나자마자 지체하지 말고 바로 다시 캐스트온 하기 등의 방법이 있다. 옷의 경우에도 팔부터 먼저 뜨는 방법 말고는 사실 특별한 방법이 없으니 정말 팔이 뜨기 싫다면 그냥 조끼를 뜨자.

No Frills Sweater by PetiteKnit
Ladybug Yarn Silk Mohair & Undyed SW

뜨게줄과 뜨라밸 그 사이

나이가 들수록 생체 시계의 속도가 느려지고 도파민 분비량이 줄기 때문에 시간이 빨리 흐르는 것처럼 느낀다고 한다. 어릴 때는 보통 빨리 어른이 되고 싶어 한다고 하는데, 나는 어릴 때도 어린 게 좋았다. 하루는 왜 겨우 24시간밖에 되지 않고, 시간은 너무도 빨리 흘러가고 점점 나이가 많아지는 걸까?

하루가 48시간이라서 최소 10시간 이상은 자고 나머지 시간에 일도 하고 뜨개를 하고도 시간이 넉넉히 남았으면 좋겠다. 그렇게 1년이 천천히 흘러가고, 나이도 천천히 먹었으면 좋겠다. 하지만 내가 좋든 싫든 하루는 24시간이고 시간은 항상 부족하다. 특히 직장인인 나는 평일에는 일을 해야 하기 때문에 주말이 아니면 뜨개를 할

Jule Jacket by Steffi Haberkern
Nutiden from Höner och Eir

뜨개줄과 뜨라벨 그 사이

수 있는 시간이 부족하다.

모든 직장인이 비슷하겠지만 금요일 밤은 일주일 중 내가 가장 좋아하는 '불금' 시간이다. 이유는 간단하다. 금요일에 자고 일어나도 토요일이고 하루 더 놀고 자고 일어나도 일요일인데 그 일요일도 주말이기 때문이다. 그래서 특별한 일정이 없다면 나의 주말 계획은 금요일 퇴근을 한 뒤 출근 걱정 없이 신나게 늦은 시간까지 뜨개를 하다가 토요일은 늘어지게 자는 것이다. 하지만 새벽까지 뜨개를 하고 잤어도 또 뜨개가 하고 싶어 늦잠 자기를 포기하고 아침 일찍 일어나 뜨개를 한다. 일과 삶의 균형을 뜻하는 워라밸 Work and Life Balance 은 먹고 살기 힘들었던 우리 부모님 세대와 달리, 일도 중요하지만 개개인의 삶의 질과 가치를 중요하게 생각하는 젊은 세대들에게 꼭 필요한 기준과도 같다.

나는 일과 삶의 밸런스는 그런대로 잘 유지했지만 뜨개를 시작하고 처음 1년은 정말 스스로도 왜 이렇게까지 하나 싶을 정도로 뜨개를 하면서 '뜨라밸 Knitting and Life Balance '은 잘 유지하지 못했다. 그때는 정말 유명한 도장을 찾아가 그곳의 실력자들과 겨루는 도장 깨기를 하듯이 뜨개를 했던 것 같다. 2021년 한 해에만 무려 17벌의 의류와 7벌의 비 의류(양말, 숄) 뜨개를 완성했다. 물론 그런 과정이 있었기 때문에 내가 어떤 스타일의 옷을 좋아하고 어떤 컬러와 실을 좋아하는지 취향을 빨리 알 수 있었다. 몸이 피곤한 날도 쉬지 않고 뜨개를 했던 그때와 달리 지금은 몸이 피곤하거나 바늘이 잡고 싶지 않은 날에는 과감히 뜨개를 내려 둔다. 조급한 마음을 먹어 봤자 내가 하는 뜨개 속도에는 한계가 있고 이것은 어떤 경쟁이 아니라는 것을 깨달았기 때문이다. 그 결과 마음의 여유가 생기며 조금씩 뜨개와 라이프의 균형을 맞춰가는 과정 중이다.

함뜨를 운영하다 보면 스스로 하겠다고 참여했다가 기간 안에 완성하지 못할 경우 마음이 무거워지는 니터들을 종종 만난다. 무거운 마음은 이해하지만 뜨개는 우리의 업이 아니고 취미이니 뜰 수 있으면 좋지만 못 뜬다고 불편한 마음을 가질 필요 없다고 말한다. 이것은 스스로에게도 하는 말이다. 다른 니터들과 함께 뜨기로 한 약속이니 기간 안에 뜰 수 있다면 좋겠지만, 뜨개를 하겠다고 해야 할 다른 일들을 제대로 하지 못한다면 그건 좀 문제가 있다고 생각

한다. 회사 일을 제대로 하지 못해 해고를 당해 돈을 벌지 못한다면 우리가 원하는 실을 살 수 없기 때문에 곤란하다. 아직은 금요일 퇴근 후 새벽까지 뜨개를 하고도 아침 일찍 일어나서 다시 뜨개를 하는 등 완벽한 뜨라밸의 균형은 맞추지 못하고 있지만, 그래도 괜찮다. 이 또한 뜨라밸을 향한 과정이니까.

뜨케즐과 뜨라밸 그 사이

니팅 저널

아주 오래전 일이다. 학교 수업 시간에 질문을 했는데 "That's a good question(좋은 질문이네요)"라는 답이 돌아왔다. 난 내가 정말 좋은 질문을 했다고 생각했다. 그런데 좋은 질문이라고 하면서 왜 다음 시간에 알려주시겠다고 하는 걸까 싶어 찾아보니 이 말은 잘 모르겠다는 뜻으로도 쓰이는 표현이라고 했다. 그냥 솔직하게 모른다고 하면 될 것을 왜 '좋은 질문'이라고 해서 사람을 착각하게 하는지 모르겠지만 나도 언젠가부터 잘 모르는 질문에 대해 좋은 질문이라고 답하기 시작했다. 어느 날 뜨친이 내가 떴던 프로젝트의 게이지를 물었고 나는 습관처럼 좋은 질문이라고 대답해줬다. 그 뜨친은 그게 대체 무슨 말이냐고 다시 물어봤고, 나는 "사실 잘 모르겠어요.

기억이 안 나요"라고 솔직히 답해야 했다.

뜨고 있는 프로젝트와 완성된 프로젝트를 합쳐 프로젝트의 개수가 10개 미만이었을 때는 나도 프로젝트에 대한 게이지나 다른 정보를 기억할 수 있었다. 하지만 완성된 프로젝트의 수가 늘어날수록 기억은 점점 흐려졌고 문어발 역시 늘면서 지금 뜨고 있는 프로젝트의 게이지도 도안 옆에 적어 놓은 메모를 봐야만 알 수 있었다. 만약 기록해 두지 않는다면 오랜 시간에 걸쳐 뜬 거라도 기억이 나지 않았다. 제대로 된 기록이 필요했다.

라벌리에서 프로젝트를 등록해서 관리하는 방법도 있었지만 어릴 때 찍었던 사진을 모아 놓은 앨범을 넘겨 보며 추억에 잠기듯이 시간이 지났을 때 한 장 한 장 보면서 프로젝트를 추억할 수 있도록 아날로그식 기록을 택하기로 했다. 그렇다면 내가 다음에 해야 할 일은 무엇이었을까? 바로 어떤 노트에 니팅 저널을 쓸 것인가 하는 것이었다. 노트가 마음에 안 들면 조금 쓰다가 쓰기 싫어질 것이 분명하므로 노트를 정하는 것은 아주 중요한 문제였다. 처음에는 집에 있는 미도리 트래블러스 노트북을 사용하기로 했다. 원래는 일정 관리용으로 구입해서 쓰던 것인데, 코로나 락다운으로 주로 집에서 생활하게 된 후로는 별다른 일정 관리가 필요하지 않아 방치되어 있던 차에 다시 용도를 찾게 되어 잘 됐다고 생각했다. 하지만 내가 가진 건 여권 사이즈로 안에 들어가는 인서트가 작아 니팅 저널을 쓰기에는 불편했고 무엇보다 앞장에 붙인 라벨 등으로 그 다음

페이지를 쓸 때 불편했다. 그리고 노트에 실을 붙이기에도 좀 제약이 있었다. 아쉽지만 탈락이다.

　내가 원하는 기록 방식은 이러했다. 언제 어디서든 실을 최대한 간편하게 꺼내서 컬러나 그 실의 느낌을 충분히 느낄 수 있어야 했다. 또한 그 실에 대한 정보를 쉽게 찾아볼 수 있어야 했다. 그래서 실을 노트에 붙이는 방법 대신 실과 실의 정보를 기록하는 노트를 따로 관리하는 방법을 택하기로 했다. 가끔 실이 너무 마음에 들어 그 실의 다른 컬러도 보고 싶을 때가 있다. 하지만 모든 컬러를 다 사볼 수는 없으므로 쉐이드 카드 Shade Card 를 구입한다. 보통 종이에 펀치로 구멍이 뚫려 있고 그 구멍에 실을 매달아 두고 옆에는 실의 번호나 이름이 쓰여 있다. 이 방법으로 실을 정리할까 했지만 이 방법 역시 실의 길이에 한계가 있었다. 컬러를 볼 때는 유용했지만 실의 길이가 짧으면 이 실의 느낌이나 질감을 느끼기가 힘들었고 무엇보다 다른 실과 비교를 해보기 위해서는 실을 빼서 보고 다시 구멍에 매달아야 했는데 이 과정이 너무 귀찮았다.

　인따르시아 기법을 사용해서 뜨개를 할 때 나는 실타래를 보빈에 감아 사용하는 방식을 선호한다. 보빈에 실을 감아 두면 실을 감을 수 있는 길이가 상대적으로 여유 있고 실을 쉽게 풀었다 감을 수도 있다. 게다가 실을 비교적 한눈에 볼 수 있고 또 다른 실과의 합사했을 때의 느낌을 보기에도 괜찮을 것 같았다. 보빈에 넘버링을 해 두고 그 숫자에 맞춰 실과 프로젝트를 정리해두면 실의 느낌, 컬러, 질감을 확인할 수 있고 그 실의 정보가 필요하다면 그 실의 번호를 노트에서 찾아 확인하면 내가 원하는 기록 방식을 충족시킬 수 있을 거라고 생각했다. 십자수 실을 감는 데 사용하는 보빈과 그 보빈이 딱 맞게 들어가는 케이스를 구입하고 다시 노트를 찾기 시작했다. 노트는 사이즈가 크지도 작지도 않은 A4용지의 반 사이즈인 A5, 그리고 노트를 낱장으로 사용할 수 있는 6공 바인더를 사용하고 싶었다. 원하는 컬러와 디자인을 위해서 뜨개 가죽 제품을 판매하시는 레이니님에게 커스텀 오더를 넣어 다이어리를 받았다.

레이니닛츠 니터스바인더

라벨링 프린터를 이용해서 번호 순서대로 라벨을 프린트해서 보빈에 실을 감아주고 그 실에 대한 정보를 노트에 따로 적었다. 정리해둔 실을 보니 내가 선호하는 컬러, 느낌의 실이 한눈에 보였다. 나는 생각보다 화이트 계열을 많이 사용했는데 세상에 같은 컬러는 없다더니 같은 흰색이라도 톤은 다 다르다는 걸 보는 것도 꽤 흥미로웠다. 또한 이렇게 실을 정리해 놓으니 실을 풀어서 만져보고 그 실에 대한 정보가 궁금하면 노트의 번호를 찾아 쉽게 확인이 가능하다는 점이 좋았다.

이 책을 읽고 있는 니터 중에 니팅 저널을 사용하지 않는 사람들이 있다면 당신의 기억력은 당신이 생각하는 것만큼 좋지 않을 수도 있다는 것을 빨리 인정하고 디지털 방식이든 아날로그 방식이든 꼭 니팅 저널을 사용하기를 추천한다. 이것은 당신의 뜨개 생활에 가장 큰 자산이 될 것이다.

Biches & Buches Le Lambswool – off

Light Worsted
4 mm - 4.5 mm   50g 170m
SIZE:
HT / METERAGE :
19 - 21 sts
100% Lambswool

Biches & Buches Le Lambswool – Grev

Light Worsted
T: 4 mm - 4.5 mm
LE SIZE: 50g 170m
VEIGHT / METERAGE :
E: 19 - 21 sts
RS: 100% Lambswool

16   Biches & Buches Le Lambswool – C

Light Worsted
HT: 4 mm - 4.5 mm
LE SIZE: 50g
RAGE :

Knitting Hacks:
당신의 뜨개 인생을 위한 꿀팁

🧶 게이지는 귀찮더라도 꼭 내는 걸 추천한다. 게이지는 코수와 단수를 체크할

수 있어 옷을 뜨기 전에 어떤 사이즈로 캐스트온 할지 결정하는 데 중요한 요소

가 된다. 게다가 스와치 세탁 후 편물의 느낌을 미리 예상할 수 있다.

🧶 타래실을 계속 쓸 거라면 물레와 와인더는 빨리 사는 걸 추천한다. 실 감는

시간에 단 한단이라도 더 뜨자. 시간은 금이다.

🧶 모르는 건 죄가 아니다. 모른다고 기죽지 말자. 하지만 검색할 생각조차 없

는 건 죄가 맞다. 검색을 생활화하자. K2tog를 모른다면 K2tog 뒤에 Knitting이라

는 키워드를 붙여서 검색하면 수많은 영상이 나온다. 한국어가 아니더라도 겁먹지 말자. 어차피 영상 보느라 바빠서 들을 여유는 없다.

❧ 코바늘과 대바늘을 헷갈려 하지 말자. 대바늘Knitting은 바늘 한 쌍을 이용해서 한 바늘에서 다른 바늘로 고리를 만들고 코바늘Crochet은 한 개의 고리를 사용해서 로프를 조각에 직접 연결하면서 뜨는 방식이다.

❧ 실을 구입할 때는 감은 염색 로트로 된 실을 여유롭게 구입하자. 실이 모자랄 것 같다고 생각 드는 순간 뜨면서 계속 불안해서 정신건강에 해롭다. 또한 손 염색실이라면 같은 염색 로트의 실을 다시 구할 수 없을지도 모른다.

❧ 니팅 저널을 쓰자. 지금은 기억할 수 있다고 자만해도 모든 걸 다 기억하는 것은 불가능하다. 최소한으로 사용한 바늘, 게이지, 실 소요량을 적고 혹시 도안을 변경했다면 어떤 부분을 변경했는지 기록해 두자. 니팅 저널을 쓰지 않고도 사진을 찍은 듯이 기억할 수 있는 포토그래픽 메모리를 가지고 있는 사람이라면 부럽다는 말을 전한다.

❧ 사람의 입맛은 가지각색이다. 나는 닭발을 매우 좋아해서 생각만 해도 입에 침이 고이지만 남편에게는 그저 닭의 발일 뿐이다. 바늘도 그렇다. 남에게 좋다고 내게도 좋으란 법은 없다. 그러니 세트병은 버리자.

❧ 양말 블로커는 상상보다 크다. 만약 구입하게 된다면 받고 놀라지 말자. 나는 사이즈가 잘못 온 것 같다고 연락할 뻔했다.

❧ 실장에 이렇게 실이 많은데 쓸 실이 없는 건 당신만 그런 것이 아니다.

❧ 늘림을 할 때 도안대로 했는데 코의 수가 안 맞는 건 누구에게나 비일비재하니 자괴감 느낄 필요 없다. 모두가 한 번씩 혹은 매번 겪는 일이다. 나는 이제

Knitting Hacks: 당신의 뜨개 인생을 위한 꿀팁

코의 수가 한 번에 맞으면 그게 더 이상하다.

🧶 사는 건 쉽고 뜨는 건 느리다. 초보일 때 뭣 모르고 싸다고 혹은 세일한다고 실을 마구 쟁여 두지 말자. 세일은 언젠가 또 한다. 평소 자주 쓰고 좋아하는 실은 제외다. 그런 실은 세일하면 사야 한다.

🧶 뜨개에는 칼로리 소비가 없다. 뜨개하면서 간식은 좀 적당히 먹자. 아, 이건 여러분이 아니라 나 자신에게 하는 말이다……

🧶 푸는걸 두려워하지 말자. 많이 풀어 봐야 실력도 는다.

🧶 당신의 고무단만 항상 3.5cm인건 아니다. 모든 니터의 고무단은 자라지 않는다.

Knitting Hacks: 당신의 뜨개 인생을 위한 꿀팁

뜨개를 하는 사람들

　많은 사람들이 뜨개에 대해 갖고 있는 고정관념 같은 이미지는 흔들의자에 앉아 뜨개를 하는 할머니의 모습이 아닐까 생각한다. 혹은 따뜻한 차나 커피를 마시며 우아하고 여유롭게 뜨개를 한다고 생각하고, 뜨개를 하는 사람은 다소곳하고 여성스럽다고 여기는 사람도 있을 것이다(사실 '여성스럽다'라는 말 자체에 어폐가 있지만...). 아무래도 집에서 가만히 앉아서 하는 취미이니 그런 이미지가 생길 수 있지만 뜨개라는 행위가 앉아서 하는 것이 맞기는 해도, 뭔가 계산을 해가면서 작업할 경우가 많아 그렇게 차분하고 여유로운 분위기가 형성되지는 않는다. 뜨개는 생각보다 수리적인 사고를 요구할 때가 많다. 물론 사람은 다 각기 다르므로 니터 중에 여성스러운 사람이 있을 수도 있고, 좀 덜 여성스러운 사람도 있을 것이다. 따뜻한 차 한 잔을 마시며 뜨개를 즐기는 사람도, 잔인한 영화를 보면서 캔 맥주를 홀짝이며 뜨개를 하는 사람도 있다. 나는 퇴근 후 문어발을 씹으며 콜라 캔을 홀짝이면서 넷플릭스를 틀어 놓고 뜨개를 하는 니터다.

함뜨를 운영하면서 정말 많은 니터들을 만날 수 있었고 감사하게도 다양한 직업, 연령대의 백그라운드를 가진 여러 사람들의 이야기를 들어볼 수 있었다. 그들이 사람들이 흔히 생각하는 여성스러운 성격이든 그렇지 않든 그런 건 별로 중요하지 않았다. 내가 만난 니터들은 모두 뜨개로 인해 많은 위로를 받았고 누구보다 뜨개에 진심이었다.

🪡 가람 @ramiramii_

가람님은 뜨개를 시작하고 가장 처음 친해진 니터다. 대학병원 간호사인 그는 나와 같은 코로나 니터로 처음에는 남자친구에게 선물을 하기 위해 목도리를 뜨기 시작했는데 손으로 뜨개를 해서 완성품이 나온다는 게 신기해서 열심히 목도리를 떴다고 한다. 그 후 코바늘로 가방 뜨기에 도전했지만 어디 들고 나가기는 부끄러운 결과물이 나와 코바늘은 접었다고 했다. 이후 대바늘로 옷을 뜨기 시작했는데 3번의 실패 끝에 남자친구의 니트를 완성했고, 뜨개에 푹 빠졌다고 한다. 가녀린 외모와 다르게 힘이 장사인 가람님은 뜨개를

뜨개를 하는 사람들

하다가 실을 끊기 일쑤였는데 얼마나 힘을 주고 뜨개를 하는지 항상 손가락에는 선명한 실 자국이 있었고, 돗바늘로 바인드오프를 하다가 힘조절을 못해 실을 끊어 먹고 코가 풀려 너덜너덜해진 편물을 자주 보여줬다. 결국 손가락 보호를 위해 니팅 링을 주문해서 끼고 다녔는데 한 번은 니터들에게 보여준 여행 사진 속 반지가 커플링이 아니라 니팅 링이어서 모두가 한참을 웃었던 기억이 난다.

"저는 집순이로 그냥 집에 있는 시간을 좋아해요. 뜨개를 하기 전에는 집에서 아무것도 하지 않고, 이런저런 생각이 들 때 머리를 써야하는 일은 최대한으로 미루고 싶어서 책이나 만화책을 읽으면서 시간을 보내곤 했어요. 하지만 시간을 헛되이 보냈다는 죄책감이 들곤해서 마음이 편하지만은 않았어요. 뜨개를 하게 되면서는 머리를 비

우고 집중할 수 있고 게다가 생산성과 성취감까지 얻을 수 있으니 시
간을 헛되이 보냈다는 죄책감 같은 것도 떨칠 수 있었어요."

　뜨개를 하지 않는 사람이라면 자본주의 사회에서 돈으로 살 수
없는 것이 없고, 패스트 패션으로 인해 가성비 괜찮은 옷도 쉽게 살
수 있는 시대에 굳이 힘들게 시간과 돈, 노력을 들여서 옷을 떠야 하
냐고 생각할 수 있다. 뜨개라는 행위가 시간에 비해 생산성과 효율
이 떨어진다고 생각하는 사람도 있을 거라고 생각한다. 하지만 뜨
개를 하는 시간 동안 내가 얻을 수 있는 마음의 평화와 위로를 돈으
로 과연 환산할 수 있을까? 그리고 뜨개로 만든 옷은 관리만 잘한다
면 족히 십 년 이상은 입을 수 있기 때문에 생산성은 좀 떨어질지 몰
라도 지속성은 그 어떤 옷보다 좋다.
　처음 가람님을 알게 된 후 지금까지도 주변의 지인들에게 자주
뜨개 선물을 하는 것을 지켜봤다. 힘들게 뜨개를 해서 남에게 선물

하는 것이 아깝지는 않느냐는 내 질문에 뜨개 선물을 받고 좋아하는 상대방을 보는 것이 더 좋다고 했다. 게다가 선물을 뜬다고 생각하면 동기 부여도 더 잘 된다고 했다. 가람님은 결혼 전 남자친구 옷 그만 뜨고 남편이 되면 주라던 주위 니터들의 잔소리에도 꿋꿋이 남친 옷을 뜨곤 했다. 지금은 결혼을 했고 사랑의 결실이 태어났다. 남친은 남편이 됐지만 요즘은 예전처럼 뜨개 옷을 많이 얻어 입지는 못하는 듯하다.

레이니 @rainy.knitting

레이니님 역시 가람님처럼 뜨개를 시작한 지 얼마 되지 않았을 때부터 친해진 니터로 언제나 나의 새로운 도전을 함께 해주는 가장 든든한 뜨개친구이다. 아일랜드 여행 이야기를 시작으로 정말 많은 대화를 나누며 가까워졌다. 옛날에 잃어버린 친언니가 아닐까 싶을 정도로 비슷한 점이 많아서 정말 급속도로 친해졌다. 좋아하는 음식부터 아버지 직업도 같아서 놀랐는데 심지어 친정집의 아파트 호수도 같았다. 뜨개는 방과 후 수예부 활동으로 초등학교때부터 코바늘 모티브 방석도 만들고 대바늘로 목도리 뜨는 걸 배웠다고 했다. 10년쯤 전에는 코바늘에 푹 빠져서 모칠라 백을 4개나 뜨고 사용하지도 않을 도일리를 20개쯤, 블랭킷을 3개쯤 뜨고 코바늘엔 질려버렸다고 했다. 코바늘뿐 아니라 레고, 미니어처 등 손으로 할 수 있는 웬만한 취미는 다 거쳤고 본인이 사용할 뜨개 용품을 가죽으로 제작하다 이제는 가죽 뜨개 용품을 판매하는 가게 레이니 닛츠를 운영 중이다. 레이니님도 과거에 내가 그랬듯이 옷을 뜨려면 무조건 조각조각을 떠서 잇는 방식밖에 몰랐다고 한다. 옷을 뜨기 위해서 보그 수업을 수강했지만 본인의 스타일이 아니라 한 달 만에 그만두고 코로나가 시작된 2020년 여름부터 본격적으로 옷을 뜨기 시작했다. 뜨개를 하는 사람들끼리는 뜨개에 미쳤다는 뜻으로 '뜨친놈'이란 우스갯소리를 하곤 하는데, 레이니님은 내가 만난 모든 니터를 통틀어서 가장 심하게 뜨친놈이다.

나와의 일화를 적어 보자면, 레이니님이 내가 만들었던 도안인 코코 베스트 테스팅에 참여한 적이 있다. 2가지의 컬러가 사용되는 배색 조끼를 5가지의 컬러로 배색하는 것도 놀라웠는데 심지어 인타르시아와 페어 아일 기법을 동시에 사용했다.

레이니님의 옷은 볼때마다 저런 생각은 어떻게 할까 싶은 배색 센스를 보여주어 그런 센스는 어디서 배울 수 있냐고 질문한 적도 있다. 하지만 본인 스스로는 감각이 뛰어난 사람인지 모르겠다며 직업적으로 패션에 대한 정보를 빠르게 접할 수 있다는 것이 본인의 취향과 잘 어울리는 것들을 잘 선별할 수 있게 해주는 것 같다고 겸손하게 얘기했다.

"엄청나게 컬러 수가 많고 화려한 배색은 제 취향이 아니기도 하고, 자신도 없어서 배색할 때 블루 계열의 톤온톤 배색에 오렌지나 옐로우를 조금 넣는다거나, 그린 계열의 배색에 핑크나 브라운을 살짝 끼얹는 쿨톤과 웜톤을 적절히 섞는 걸 좋아해요. 컬러 수가 많을 때는 한 가지 색상을 기본으로 밝기의 변화를 주거나 모노크롬을 바

탕으로 포인트가 되는 컬러를 살짝 섞거나 배색 부분에만 모헤어나 부클레 얀 등의 질감이 다른 실을 섞어 컬러가 화려하지 않아도 촉감 적으로나 시각적으로 매력 있게 보이는 편물을 좋아해요."

책을 쓰며 레이니님에게 뜨개가 주는 의미에 대해 물었는데 뜨개는 평생 함께 갈 취미라고 했다. 앞으로 또 다른 뭔가에 마음이 빼앗겨서 혹은 다른 이유로 잠시 뜨개에 소홀해질 수도 있겠지만 언젠가는 다시 하게 될 평생의 취미 같다고 했다. 또한 뜨개는 좋은 인연을 만나게 해 준 중매쟁이 같은 느낌도 든다고 했다.

"영혼의 도플갱어인 바나뿐만 아니라 너무 좋은 사람들을 뜨개를 통해 만났어요. 사회성 제로의 T인 내가 인스타그램이나 유튜브를 통해 모르는 사람들과 뜨개라는 공통의 취미에 대해 이야기를 나누게 됐고, 그 분들이 일면식도 없는 나라는 사람의 자존감을 마구마구 북돋아주고, 때로는 너무 과분한 마음을 받을 때도 있습니다. 그래서 뜨개라는 것이 나도 더 좋은 사람, 인연을 소중히 하는 사람이 되겠다고 생각하게 만들어요."

🧶앤 @anne__knitting
책을 쓰겠다고 출판사와 계약을 했지만 사실 내가 정말 책을 쓸 수 있을지 한편으로는 걱정이 많았다. 특히 내가 하고 싶은 말이 제대로 전달되고 있는지 방향성을 잡기가 힘들었다. 그때마다 국어국문학을 전공한 앤님에게 많은 도움을 받았다. 앤님은 처음 함뜨를 하며 만났는데 조용히 뜨개를 하며 가끔 사진을 올리길래 얌전하고 조신한 사람인 줄 알았다. 하지만 친해지고 난 후 가까운 뜨친들 사이에선 은은하게 미친 사람으로 통했다. 손으로 뭔가를 만드는 것을 좋아해서 종종 파우치, 필통같이 간단한 소품이나 목도리 등을 뜨곤 했다는 앤님은 태교삼아 블루머와 조끼를 뜬 후 이제는 하루라도 뜨개 바늘을 잡지 않으면 불안해지는 사람이 되어버렸다.

지금껏 하고 싶은 것들만 하며 살아오다가 좋아하던 음악도, 책도, 영화도 거리가 멀어지게 되고 심지어 잠도 마음대로 잘 수 없는 인생의 큰 변화였던 출산과 육아로 인해 힘든 시간을 보냈다고 한다. 물론 귀엽고 사랑스러운 아이 덕분에 그런대로 잘 버텨내고 있

었지만, 아이에게 모든 초점이 맞춰진 전쟁 같은 육아생활 속에서 다시 잡게 된 바늘로 작은 행복을 찾을 수 있게 됐다. 그 무렵 함뜨를 참여하게 되면서 아이를 재우고 뜨개를 하며 온전히 스스로에게 집중할 수 있는 시간이 생기니 마음의 여유도 되찾을 수 있었다고 한다. 함뜨를 통해 같은 취미를 공유하는 사람들과 시간을 보내고 활력이 생기자 역시 내가 행복해야 아이도 행복할 수 있다는 것을 깨달았다고 했다.

아이는 빨리 자란다. 큰일이 없는 이상 옷의 사이즈가 잘 변하지 않는 성인에 비해 아이들은 하루가 멀다 하고 자라나기 때문에 비싸고 좋은 실로 아이 옷을 뜨는 것은 좀 아깝다고 생각했던 적이 있다. 하지만 앤님은 항상 딸 '은동이'를 위해 그 누구의 옷보다 더 정성스럽게 실을 고르고 도안을 골라 아이의 옷을 뜬다.

"보통 아이 옷 만드는 것을 보면 사람들이 질문을 많이 하는데, 사실 아이 옷을 만들어 얼마나 많이 입히느냐는 중요한 문제가 아니에요. 가성비 좋은 옷들을 시중에서 쉽게 구입할 수 있으니까요. 제가 뜨개를 하는 목적은 옷을 완성해서 입히는 데 있는 것이 아니라 옷을 만드는 과정 그 자체에 있는 것 같아요. 마음에 드는 도안을 발견하면 아이가 좋아하는 색깔과 질감의 실을 골라 아이 몸에 맞게 치수를 정하고, 조금씩 만들어가는 시간이 너무 즐거워요. 아이는 금세 자라니까 지금 당장 옷을 오래 입지는 못하더라도 훗날 세월이 흘렀을 때 어린시절 엄마가 만들어준 작은 옷들을 보고 그 시절을 추억하고 웃을 수 있다면, 단 한 번밖에 입히지 못한 옷이라도 소중하고 행복할 것 같아요."

🐚 준호 @tako_knit_o0o

자칭 뜨개계의 강백호인 준호님은 어머니가 뜨개 선생님인 덕분에 유년시절부터 지금까지 쭉 뜨개와 인생을 함께해온 금수저 아니 뜨개수저다. 초등학생 때부터 간단한 목도리와 털모자 정도는 직접 떠서 만들었다고 한다. 준호님은 성장하면서 패션에 큰 관심이 생겼고, 유명 브랜들의 비싼 니트, 카디건 제품들을 보며 저 돈 내고 사 입을 바에 직접 떠서 입자는 생각으로 옷을 뜨기 시작했다. 생각보다 적성에 잘 맞아 계속 뜨개를 해오다 최근에는 뜨개실 가게까지 오픈했다.

　준호님은 비효율적일지도 모르지만 더 좋은 실과 더 좋은 디자인
으로 내 취향에 딱 맞게 니트를 만들어 입는 자기만족을 위한 행위
이기도 하고 결과물이 고가에 거래되는 점에서 뜨개도 순수예술로
생각한다. 뜨개를 좋아하고 열심히 하고 있긴 해도 준호님의 얘기
를 듣기 전까지는 뜨개를 예술이라고 생각한 적이 없었다. 예술의
사전적 의미는 '특별한 재료, 기교, 양식 따위로 감상의 대상이 되는
아름다움을 표현하려는 인간의 활동 및 그 작품'이다. 실이라는 특
별한 재료로, 겉뜨기, 안뜨기 등의 뜨개 기교로, 한 땀 한 땀 떠 내려
가는 뜨개라는 행위 그리고 현대인들의 정체성을 나타내는 데 중요
한 도구인 패션이라는 측면에서, 뜨개는 더할 나위 없는 예술적 창
작 활동이었던 것이다.

　남자 니터로서 겪은 편견 같은 것이 있냐는 질문에 카페에서 뜨

뜨개를 하는 사람들

개를 하고 있으면 다른 손님들이 수근거리거나 손가락질하는 경우도 있는데, 이제는 적응이 됐고 그런 반응을 즐기는 수준이 되어 괜찮다고 했다. 하지만 가게를 차린 후에는 남자가 뜨개도 하고 대단하다는 긍정적인 반응을 매일 서너 번은 듣고, "남자가 번듯한 회사에 취직할 생각을 안 하고 이런 거나 하고 있으면 어떻게 해? 내 아들이 이런 뜨개 가게 차린다고 했으면 집안 뒤집어졌다" 같은 불쾌한 이야기도 비슷하게 듣는다고 했다. 가게에 또래의 남자 니터가 한 명 더 있어서 게이 커플이라는 소문도 도는데, 한국에 남자 니터가 생소하고 남자가 하는 뜨개방은 더 생소해서 그렇게 생각하는 것 같다면서 대수롭지 않게 얘기했다.

16세기 말 이탈리아와 스페인에서는 남자라면 누구나 필수적으로 뜨개 스타킹을 가지고 있어야 한다고 생각했을 만큼 뜨개가 유행했다. 1400년대부터 뜨개의 예술성을 발전시키고 뜨개의 질을 향상시켜 더 부유한 고객들을 유치하기 위해서 남성만들 위한 뜨개 길드가 만들어졌다고도 한다. 가입하는 것도 쉽지 않았고 견습생으로 3년간의 혹독한 훈련을 거쳐 뜨개 기술에 대한 깊은 지식이 생긴 후에도, 마스터가 되기 위해서는 최소 3년은 더 외국을 돌아다니며 해외의 뜨개 기술과 새로운 패턴을 공부하는 유학 여행을 다녔다고 한다. 이처럼 뜨개를 하는 주체가 남자가 중심이던 시절도 있었지만 오늘날은 상황이 많이 다르다. 영국의 다이빙 국가대표 선수 톰 데일리가 도쿄 올림픽에서 경기를 관전하는 도중에 뜨개를 하는 모습

뜨개를 하는 사람들

이 큰 화제를 모았을 만큼 지금의 뜨개는 여자 중심이 되었다. 하지만 뜨개를 하는 데 있어 남자 여자 성별이 뭐가 중요할까? 나이 많은 사람들이 뜨개를 한다는 편견, 여자만 뜨개를 한다는 편견을 깨기 위한 니터들의 활약을 응원한다.

🌀 난바다 @drizzle999

의사인 난바다님은 여러 번의 함뜨를 통해 알게 되었는데 항상 열정적인 모습에 도대체 그 바쁜 일정 속에서 어떻게 이렇게 뜨개를 열심히 할까 궁금한 점이 많았다. 내 질문에, 집안일을 내팽개치고 최소한으로 줄이면 가능하다는 답이 돌아와 내 이야기인 줄 알고 뜨끔했다. 난바다님은 어려웠던 어린시절 자식들에게 따뜻한 옷을 입히기 위해 뜨개를 하셨던 어머니 덕분에 뜨개를 일찍 일상으로 받아들이게 됐다고 한다. 한번은 중학교 수업에서 긴 목도리를 숙제로 떠 내야 했는데 고무뜨기도 모르고 양쪽 끝 엣지 처리도 어찌할지 몰라 삐뚤삐뚤 가터뜨기로 만들었다. 겨울 내내 자신이 직접 만든 목도리를 두르고 다니던 딸이 보기 좋으셨는지 해외에서 근무하시던 아버지가 그 시절 귀하던 일제 크로바 대바늘과 코바늘 세트를 선물로 주셨는데, 아직도 소중하게 잘 간직하고 있다고 했다.

바쁜 레지던트 시절을 보내고 전문의가 되어 지방 소도시에 직장을 구하면서 독립하게 됐을 때 연애는 관심도 없었거니와 좁은 지역사회에서 바깥으로 돌아다니면 금방 소문이 났기에 퇴근하면 집에 혼자 있는 시간이 많았다고 한다. 구경 삼아 갔던 시장에서 뜨개실 가게를 찾아내면서 뜨개를 본격적으로 시작했다. 그때는 지금처럼 인터넷으로 쉽게 정보를 얻을 수 없었기에 어머니가 보시던 일서 뜨개 책 몇 권과 서점에서 구입한 뜨개 책, 동네 뜨개실 가게 아주머니로부터 도움을 받았다. 바텀업 뜨개의 팔 길이나 핏이 맘에 들지 않으면 큰 종이에 본을 그리고 게이지가 달라지면 자로 모눈을 그어 패턴을 고쳐 뜨개를 하는 고생 속에서 뜨개의 매력에 빠져들었다.

매일 삶과 죽음의 경계를 목격하며, 병들고 늙어가는 환자들의 모습을 곁에서 지켜보는 것만으로도 마음이 아프고 자책도 하며 힘든 시간을 보낼 수밖에 없는 난바다님에게 뜨개 만큼 위로를 주는 건 없다고 한다.

"매일 크고 작은 고통을 마주하게 되는 저에게 뜨개 만큼 큰 위로를 주는 건 없어요. 말로 표현하기 힘든 심정에서도, 뜨개를 한 코, 한 코 늘려가다 보면 진짜 명상이 이런 게 아닐까 생각이 듭니다. 단순한 손 움직임을 반복하면서 오늘 나는 왜 화가 났을까, 오늘 나는 뭐가 그렇게 힘들었을까, 나는 뭘 두려워하는 걸까 내 속을 들여다봐요. 그런 시간이 조금씩 흐르면 당장 해결되는 일까지는 없어도 힘든 심정은 확실히 옅어지더라고요. 터무니없는 것에 화를 내는 제 자신도 보이고, 내 잘못을 남들이 알아챌까 두려워하는 것도 보입니다. 삶의 고통은 결국 그대로 받아들여야 하는 것임도 깨닫습니다."

뜨개를 하는 사람들

뜨개를 하는 사람들의 이야기는 이토록 다채롭다. 모두 각기 다른 배경, 환경 속에서 뜨개를 알게 되었고, 또 계속해서 뜨개를 하고 있다. 뜨개를 하는 사람들을 천편일률적으로 생각하고 고정관념을 갖는 건 바람직하지도, 정확하지도 않다. 니터를 한두 가지의 고정적인 이미지로 바라보지 않았으면 하는 마음에서 내 소중한 뜨친들의 이야기를 잠깐 풀어 보았다.

뜨개친구 쮸님이 선물해준 손뜨개 모자와 라미스웨터

뜨개와 드라마

넷플릭스 같은 OTT 서비스가 생기기 전까지, 한인이 많이 살고 있는 다른 나라 대도시에는 한국 방송을 녹화한 비디오 테입을 빌려주는 가게들이 있었다고 들었으나 아일랜드에서는 한국 드라마나 방송을 보기가 힘들었다. 하지만 이제는 인터넷만 있다면 해외 어디에서든 한국 드라마를 볼 수 있게 됐다. 한국 방송은 물론이고 미국, 영국, 일본, 스페인, 인도 심지어는 요르단 드라마까지 볼 수 있는 세상이 되었다. 새삼 감격스럽다.

나는 드라마를 보면서 뜨개 하는 것을 너무 좋아한다. 아무것도 보지 않고 뜨개를 하는 사람도 있다고 들었지만 나는 아무것도 안보고 뜨개만 해야 한다면 아마 뜨개를 하지 못했을지도 모른다. 그

만큼 드라마 없이 하는 뜨개는 상상할 수도 없다. 퇴근 후 컴퓨터를 끄고 아이패드를 집어 드는 시간이 내가 하루 중 가장 기다리는 시간이다. 바로 뜨개를 하면서 시청할 드라마를 고르는 시간이기 때문이다. 보던 드라마가 있으면 계속 이어서 보면 되니까 금방 바늘을 잡을 수 있지만, 보고 싶은 드라마가 없다면 한참을 드라마를 찾아 방황한 후에야 비로소 바늘을 잡고 뜨개를 시작할 수 있다.

뜨개를 시작하고 가장 먼저 본 드라마는 미국 드라마〈오렌지 이즈 더 뉴 블랙 Orange Is The New Black 〉이었다. 5개의 시즌으로 구성된 이 드라마는 실존 인물 파이퍼 커먼이 자신의 교도소 경험을 쓴 책을 원작으로 만들어졌다. 파이퍼 커먼이 마약을 운반했던 과거의 잘못으로 인해 감옥살이를 시작하면서 벌어지는 이야기다. 큰 기대는 없었지만, 긴 락다운 때문에 이미 보고 싶었던 드라마들은 모두 다 해치운 상태여서 이거라도 틀어 놓자는 마음으로 보기 시작했다. 답답했던 시즌 1~2의 고비를 넘기니 주인공의 이야기뿐만 아니라 다른 인물들의 이야기도 꽤 비중 있게 다뤄지면서 흥미를 되찾았고 끝까지 정말 재미있게 봤다. 당연한 소리겠지만 절대 감옥 갈 일은 하지 말자는 교훈과 함께 옷 두벌을 완성했다.

드라마를 보며 뜨개를 하다가 드라마나 영화 속의 등장인물들이 입고 있는 니트가 눈에 들어올 때가 있다. 그럴 땐 잠시 정지 버튼을 누르고 째려보면 더 잘 보일까 싶어 니트를 한참 동안 바라본다. 저 니트의 스티치는 뭘까 궁금하기도 하고 컬러가 예쁘면 다음에는 저런 배색의 니트를 떠야지 생각한다. 그리고 드라마 속에서 뜨개를 하는 장면이 잠깐이라도 나온다면 그 드라마에 대한 호감도는 상당히 높게 올라간다. 런던에 살고 있는 한 친구 집에 놀러 가서 일주일을 지낸 적이 있었다. 친구가 일하는 동안 뜨개하면서 보라며 〈버진리버 Virgin River〉라는 미국 드라마를 추천해 줬다.

사실 나는 감동적이고 마음이 따뜻해지는 잔잔한 드라마보다는 반전이 있고 막장 설정도 적당히 있고 피가 튀는 다소 잔인한 드라마를 좋아한다. 하지만 뜨개를 하는 시간이 길어질수록 볼 수 있는 드라마의 수가 줄어드니 남들이 재밌다는 드라마는 일단 시작은 하는 편이다. 이 드라마는 캘리포니아의 버진 리버라는 작은 마을에 간호사 멜이 이사 오며 시작한다. 내가 본 미국 공포영화는 항상 주인공이 외딴 마을로 이사를 가며 시작하는 것 같다. 친구에게 "저 마을 사람들 다 사이코패스야? 저 여자는 주인공이니까 안 죽을 것 같고, 누군가 곧 죽을 분위기인데?"라고 묻자, 친구는 그런 드라마 아니고 잔잔한 이야기이니 그냥 입다물고 보라고 했다.

초반의 뭔가 수상스러운 분위기와 다르게 이 드라마는 꽤 잔잔하게 흘러갔기 때문에 일단 조금 보고 다시는 볼 생각이 없었다. 하지만 드라마에서 뜨개를 하는 장면이 아주 가끔이긴 하지만 꽤 빈번히 나왔고 나는 그 짧은 장면들을 보겠다고 모든 시즌을 다 봤다. 드라마 속에서는 동네 할머니들이 펍에 모여서 뜨개를 했다. 뜨개를 집에서 주로 혼자 하는 나와 달리 같은 취미를 가지고 모여 수다를 떨면서 뜨개를 하는 할머니들의 모습이 참 부러웠다. 은퇴 후 한적한 곳에 가서 조용한 노후를 보내고 싶어 하는 남편과 달리, 나는 뜨개를 하기 전까지는 단 한 번도 한적한 곳에서 조용히 노후를 보내고 싶다는 생각을 해본 적이 없었다. 하지만 드라마를 보면서 부러움을 넘어 나도 정말 저런 노후를 보내도 괜찮을 것 같다는 생각이 들었다. 뜨개가 정말 나에게 많은 영향을 미치고 있다는 걸 다시 한번 깨닫는 순간이었다.

드라마 속에서 특별히 생각나는 장면이 하나 있다. 어떤 할머니의 말썽쟁이 10대 손녀가 할머니랑 같이 지내기 위해 버진 리버 마을에 왔다. 그 아이가 펍에 오자 뜨개 클럽의 한 할머니가 "너 뜨개 하니?"라고 물었다. 그 소녀는 꽤나 단호하게 "아뇨, 배우고 싶지 않아요"라고 답했다. 그 장면을 보면서 나는 '이 바보야! 저 할머니들은 눈 감고 뜨개를 해도 장력을 유지할 수 있고, 못 뜨는 패턴이 없는 고수일 거란 말이야!'라고 생각했다. 만약 나에게 뜨개를 할 줄 아냐고 물어봤다면 나는 그 즉시 자리에 앉아 가방에서 뜨개 거리들을 꺼내 할머니들이 이제 그만 좀 집에 가라고 할 때까지 같이 뜨개를 하고 할머니들의 뜨개 팁을 듣고 싶어 했을 것이다.

뜨개를 하는 장면들이 잠시 잠깐 들어가는 게 아니라, 정말 제대로 뜨개를 히는 니터들이 주인공으로 나오는 드라마가 만들어진다면 얼마나 재밌을까? 코로나 락다운으로 인해 뜨개를 시작한 사람들이 많이 늘었다고 하던데 모두들 그만두지 않고 앞으로도 계속 뜨개 인구, 인기가 점차 더 많아진다면 언젠가 정말 그런 드라마가 나올 수도 있지 않을까?

뜨개와 드라마

풀어야 하는 순간이
무조건 한 번은 온다

　니터의 경력이 하루든, 10년이든 뜨개를 하는 이들 모두가 공평하게 피할 수 없는 것이 있다. 바로 열심히 뜨개한 것을 풀어야 하는 순간이 반드시 온다는 것이다. 나는 이게 실력차라고 생각하지 않는다. 내 경우엔 뜨개 2년차를 넘긴 지금보다 오히려 처음 뜨개를 시작했을 때가 작업 도중 풀어야 하는 상황이 더 적었고, 드물었다. 초보 운전자들의 사고율이 낮은 것처럼 풀어야 하는 것이 무서워서 정신을 바짝 차리고 뜨개를 했기 때문에 오히려 풀어야 할 일이 드물었다. 뜨개에 조금씩 익숙해지고 건방을 떨기 시작하며 틀리고 풀어야 하는 경우가 더 많았다. 니터마다 횟수의 차이가 있겠지만 아무리 피하려고 해도 풀어야 하는 순간이 무조건 반드시 단 한 번이라도 온다. 뜨개를 하다가 틀렸을 때 우리에게는 두 가지 선택지가 있다. 먼저, 틀린 부분을 풀어 수정하는 방법이 있는데, 우리는 보통 이를 '푸르시오', '수술한다'고 부른다. 그리고 다른 하나의 방법은 그냥 모른 척하는 것이다. 이를 두고는 '흐린 눈을 한다'라고 표현한다.

이 에피소드는 내가 출시한 도안들 중 하나인 플루비에 카디건을 푸르시오 해서 목 부분을 수술한 패턴에 맞추어 다시 뜨고 단추 신 지퍼를 달아주는 과정을 담고 있다. 박진감을 위해서 속도를 좀 높여 빠르게 읽어주시길 바란다.

도안을 출시하기 전에는 완성된 옷을 입고 누워 있어 보기도 하고 앉아 있기도 하고 그 옷을 입고 뜨개도 하고 다른 일을 해보기도 한다. 이는 착용감을 확인해보기 위한 것이다. 처음 플루비에 카디건을 디자인 했을 때는 목을 넓게 디자인했다. 하지만 고려하지 못했던 부분이 하나 있었다. 바로 단추를 잠갔을 때 넓은 목 디자인 탓에 안에 입은 옷이 많이 보였다. 용납할 수 없어 출시 전에 도안을 수정하고, 수정된 목 부분의 테스팅까지 마치고 도안을 출시했다.

도안이 출시되기 전에 먼저 뜨고 있던 레이니님이 옷을 완성한 사진을 보내줬다. 레이니님의 플루비에 카디건은 단추 대신 지퍼를 달았다. 친한 뜨친들 사이에서 나의 별명 중 하나는 '바또지'이다. "바나 또 지퍼 달았어"의 줄임말이다. 바나 후디 베스트, 바나 후디 스웨터, 쁘띠니트의 지퍼 스웨터, 산네스간의 시에나 지퍼 스웨터

등 내가 뜬 많은 옷들에는 지퍼가 달려있다. 나는 지퍼를 좋아한다. 그러니 바또지가 빠질 수 없는 법. 그래서 목 부분을 수정하면서 단추를 지퍼로 바꿔 다는 수술을 하기로 결정했다. 간혹 회사에는 레거시 코드로 만들어진 오래된 프로그램들이 있다. 이 프로그램을 다시 만드는 것을 결정하는 건 쉬운 일이 아니다. 왜냐하면 이미 아무 문제 없이, 버그 없이 잘 돌아가고 있는데, 굳이 건드려서 문제를 만들 필요가 없기 때문이다. 마찬가지로 가만히 냅둬도 입을 수 있는 옷을 뜯어서 다시 뜨는 건 절대 쉬운 결정이 아니다. 첫 번째로 푸는 것이 매우 귀찮고 다시 뜨는 건 더 귀찮다. 마지막으로 잘못 건드렸다가 완전히 망할 수도 있기 때문이다. 그래서 사전에 꼼꼼하게 수술 계획을 세워야 한다. 나의 수술 계획은 이랬다.

❀ 수술계획

해체 부분

❀ 팔과 바디가 연결된 부분에서 코를 살려서 팔은 자른다. 이렇게 하면 팔은 다시 뜨지 않고 이어 붙일 수 있어 조금 덜 귀찮다.

❀ 넥밴드를 푼다. 살릴 수 있는 실은 살린다.

❀ 더블 니팅을 푼다. 살릴 수 있는 실은 살린다.

❀ 어깨 연결을 푼다.

❀ 바디의 앞, 뒤판에서 다시 떠야 하는 부분을 푼다. 덧수도 포함.

풀어야 하는 순간이 무조건 한 번은 온다

🌺 바디의 앞판과 뒤판을 다시 뜬다. 이때 또 뜨는 과정이 조금은 고통스럽지만 그냥 참고 뜬다.

🌺 덧수를 다시 둔다.

🌺 어깨를 연결한다.

🌺 넥밴드를 다시 뜬다. 거의 끝이 보인다. 조금만 참자.

🌺 단추 대신 지퍼를 달아줘야 하므로 버튼밴드 대신 지퍼 커퍼를 뜬다. 스팀을 준다.

🌺 지퍼를 달아 준다. 지퍼를 달면서 손으로 지퍼와 편물을 움켜잡으면 지퍼를 다 달았을때 편물이 운다. 평평한 곳에 편물을 내려 두고 내가 조선의 침선장이라는 마음으로 한 땀 한 땀 뜬다. 조급함은 금물이다.

🌺 잘라 둔 팔을 키치너 스티치를 이용해서 바디에 연결한다.

🌺 다시 세탁한다.

축하합니다. 수술에 성공하셨습니다!!!

풀어야 하는 순간이 무조건 한 번은 온다

Pluviae Cardigan by Bana Kavanagh
Biches et Bûches Le Lambswool

문어 잡으러 가자

"언니, 어제 뜨태기 온 것 같다고 하지 않았어?"

　새롭게 구상한 디자인의 스와치를 보여주며 신난 나에게 친한 동생이 한 말이다. 결혼한 부부들에게 찾아온다는 권태기, 일에 회의감을 느낄 때 찾아온다는 일태기. 우리 니터들은 뜨개가 하기 싫을 때 '뜨태기'가 왔다고 한다. 엊그제는 괜스레 뜨개가 하기 싫어져 정말 뜨태기가 온 줄 알았다. 하지만 새로운 프로젝트를 시작하니 또 신이 났다. 뜨개 자체를 하기 싫었던 게 아니고 지금 뜨고 있는 것 말고 새로운 걸 캐스트온 하고 싶었던 모양이다.

　도안을 보고 너무 마음에 들어서 당장 뜨고 싶어 캐스트온 했는데 막상 뜨기 시작하면 탑다운의 경우 요크가 끝나면, 바텀업의 경우 앞뒤를 분리하면 꼭 지겨움이 찾아왔다. 아무리 뜨개를 열심히 해서 FO가 꾸준히 나와줘도 지겨워지거나 갑자기 뜨고 싶은 새로운 게 생기면 캐스트온을 해대니 완성하지 못한 프로젝트 즉 문어발이 20개를 넘어섰다.

나처럼 문어발 개수가 많은 레이닌님과 대화를 하다가 완성하지 못한 프로젝트들을 마치는 함뜨를 열 계획이라는 기쁜 소식을 들었다. 일명 '문어잡이 함뜨'로 이름 붙여졌다. 완성하지 못한 채 숙성된 문어발이 6개 이상인 니터만 참가할 수 있는 함뜨로 아이 옷이던 소품이던 뭐든지 다 가능하다고 했다. 심지어 단추, 지퍼만 남은 프로젝트들도 포함시켜도 괜찮다고 했는데, 불행히도 나에게는 단추나 지퍼만 남은 프로젝트는 없어서 솔직히 좀 억울했다. 이럴 줄 알았으면 단추 좀 천천히 달 걸.

대망의 함뜨 신청일! 자랑스럽게 문어발 리스트를 보내고 함뜨 방에 입성하게 되었다. 어차피 참가한 이상 1등이 하고 싶었던 나는 모든 프로젝트를 꺼내 계획을 세우기 시작했다. 나의 계획은 이러했다.

🐙 가장 빨리 완성할 수 있는 프로젝트 순서대로 완성시킨다.
🐙 가장 오래 걸릴 것 같은 프로젝트들은 지금부터 시작해서 조금씩 꾸준히 뜬다.

🐙 이미 캐스트온을 했지만 조금이라도 마음에 안 드는 옷은 과감히 정리한다.

🐙 새로운 함뜨 참여는 장기함뜨를 제외하고 하나씩만 한다.

🐙 문어발의 개수를 10개 미만으로 줄이기 전까지 캐스트온은 참을 수 있을 만큼 참는다.

이러한 계획으로 가방 하나, 선물로 뜨고 있던 신생아용 카디건 하나, 조끼 하나 문어발 3개를 FO로 완성했다. 뜨고 있던 프로젝트 중 2개를 정리했고 실은 스팀을 줬다. 라면처럼 꼬불거리는 실을 펴기 위해 스팀을 주면서 다시는 충동적으로 캐스트온을 하지 않겠다고 다짐 또 다짐했다. 하지만 캐스트온은 사채 같다. 빌릴 땐 기간 안에 사채 대금을 다 갚을 수 있을 것 같은데, 막상 돈을 빌리면 빨리 빨리 갚기가 싫다.

과연 문어발을 모두 청산하는 날이 올 수 있을까?

문어 잡으러 가자

나의 인생 실

처음으로 비싼 캐시미어 스웨터를 구입했을 때 갑옷을 산 것도 아니면서 이 가격의 옷이라면 땅바닥에서 데굴데굴 굴러 다녀도 멀쩡할 거라고 아니 멀쩡해야 한다고 생각했다. 하지만 캐시미어는 내구성이 약해 상전마마 모시듯 까다로운 관리를 해주어야 했다. 부드럽고 따뜻하지만 그것만으론 충분하지 않았다. 뜨개를 시작하고 캐시미어에 대항하는 섬유라는 야크에 대해서 알게 되었다. 뜨개를 알기 전에는 야크라는 동물이 있는지도 몰랐는데, 새로운 동물 친구도 알게 해주는 교육적이고 유익한 취미가 아닐 수 없다.

소목솟과에 속하는 포유류인 야크는 수컷의 경우 몸길이가 2.4~3.8미터에 이르고, 몸무게는 평균 900kg에 달하는 꽤 큰 짐승이

다. 사람이든 동물이든 외모로 평가하는 건 옳지 않지만 인터넷에서 검색해본 야크는 무시무시했다. 생긴 것만 보면 단지 눈이 마주쳤다는 이유로 기분이 나쁘다고 온몸으로 달려와 그 큰 뿔로 나를 쳐서 저 멀리 날려버릴 것 같이 생겼다. 그런데 베이비 야크는 또 엄청 귀엽게 생겼다. 야크는 오해를 살 만한 생김새와 달리 인간에 대한 공격성이 거의 기록되지 않은 친근한 동물로 티베트 유목민의 일상 및 경제생활에 없어서는 안 될 동물이라고 한다. 야크로부터 우유, 치즈, 버터 등을 얻고 운송을 위한 동물로도 활용하며 건조된 똥은 고원에서 사용할 수 있는 거의 유일한 연료가 된다. 야크의 거칠고 긴 털은 유목민들이 텐트를 만드는 데 사용하고 중간 두께의 털

Machi by Rievive
mYak Baby Yak Lace

은 밧줄이나 담요를 만드는 데 사용한다.

니터인 우리가 관심 가져야 할 것은 '야크다운'으로 불리는 속털이다. 우리는 이 속털로 만든 실로 뜨개를 할 수 있다. 야크는 캐시미어처럼 부드럽고 저자극성이라고 한다. 뜨친인 타래상점 사장님 덕분에 처음 엠야크 mYak 사의 베이비 야크 실을 접했다. 처음에 가격을 보고 야크 실로 옷을 뜨려면 돈이 꽤 많이 들 것 같아 망설였지만 이크야크 함뜨를 하게되며 야크실로 옷을 뜨게 되었다. 엠야크에서 판매하는 야크 실은 양처럼 털을 깎아 주는 게 아니라 빗질을 해서 털을 수확한다고 한다. 내 머리카락이 빠지는 것처럼 야크도 덜이 많이 빠져 생산량이 늘었다면 가격이 조금은 더 저렴할 수 있었을까?

LANCERING by Veta Romanenkova
mYak Baby Yak Medium

　보풀은 섬유원단의 마찰로 생긴다. 보풀이 생기면 제아무리 비싼 실로 떠서 만든 예쁜 옷도 그냥 보풀 생긴 옷이 되어 값어치가 떨어져 보인다. 그래서 나는 보풀에 예민한 편인데 야크 실은 부드러우면서도 보풀에 강했다. 한 번은 엠야크 사의 야크 레이스 실 두 겹으로 뜬 마치를 입고 장을 보러 나갔는데 갑자기 비가 오기 시작했다. 역시 갑자기 비가 내리지 않으면 아일랜드가 아니지... 소나기처럼 퍼붓는 비는 아니었지만 신발과 바지는 다 젖었을 정도로 비를 맞았다. 하지만 놀랍게도 야크를 입고 있던 상체는 괜찮은 것이었다. 야크로 뜬 옷을 입고 나갔을 때 울 실로 뜬 옷보다 더 따뜻하다고 느꼈지만 방수력까지 확인한 후 야크는 내 인생실이 되었다.

Rami Sweater by Bana Kavanagh
mYak Baby Yak Lace

　나는 요즘 엠야크에서 구입한 베이비 야크 미디엄 실을 이용해서 오랫동안 뜨고 싶었던 검정색의 아란 스웨터를 뜨고 있다. 함뜨는 아니지만 친한 뜨개친구인 광자님, 가람님과 셋이 함께 뜨고 있는 중인데 우린 3명이라서 우리끼리 태티서 함뜨라고 정했다. 하지만 아직 센터를 정하지는 못했는데 빨리 뜨는 사람이 센터가 되는 분위기라 요즘 치열하게 센터 전쟁 중이다. 그리고 우리보다 늦게 캐스트온 하는 사람들은 연습생으로 보고 있다.

아일랜드에는
양이 사람만큼 많다

아일랜드 농림축산식품해양부가 2020년에 발표한 양 전수 조사 Sheep census 에 의하면 번식용 암양, 숫양 그외 다른 양을 포함해서 아일랜드 수도인 더블린에만 약 24만 마리의 양이 있다고 한다. 참고로 2020년 기준 더블린의 총 인구수는 120만 명이다. 시티 센터나 거주지역 등에서 양을 볼 수 있는 건 아니지만 조금만 외곽으로 차를 타고 나가면 언덕, 산, 들판등에서 양을 쉽게 볼 수 있다.

거의 모든 환경에서 잘 살 수 있는 양이지만, 아일랜드 서쪽은 특히 양들에게 좋은 환경이라고 한다. 경작을 하기에는 적합하지 않지만 양치기를 하기엔 최적이라고 들었다. 양은 다른 가축들처럼 키우고 번식시키는 데에 많은 돈이 들지 않으며, 고기와 우유, 목초

지의 공동사용(방목Commonages)을 위해 많이 길러진다고 한다. 이렇게 양이 많고 흔한 아일랜드지만 나는 양고기의 냄새를 싫어해서 먹지 않는다. 한국에서 인기가 많은 양꼬치도 향신료인 커민 Cumin 향에 거부감이 있기 때문에 먹지 않는다. 그렇게 때문에 뜨개를 하기 전에는 양을 봐도 그냥 지나칠 뿐 별다른 의미가 없었다.

하지만 뜨개를 시작하고 나서 양은 고양이, 강아지, 기린, 오리에 이어 내 최애 동물중 하나가 되었다. 우연히 지나가다 양을 보면 양이다~ 하며 신이 나고, 차를 타고 지나가다 양을 볼 때면 드라이브 나온 강아지처럼 차 창문에 코를 박고 신나서 양을 구경한다. 이렇게 양을 좋아하니 남편은 양이 보일 때마다 '저기 양 보인다' 하며 속도를 낮춰 달려준다. 그뿐 아니다. 나는 이제 양의 피규어나 인형을 보면 사고 싶어 견딜 수가 없는 수준에 이르렀다.

한 친구의 버킷리스트는 스페인 엘 카미노 데 산티아고 El Camino de Santiago 순례길을 걷는 거였는데, 얼마 전 그 친구가 드디어 순례길에 오르게 되었다. 인스타그램을 보며 오늘은 어디를 갔나 구경하곤 했는데 갑자기 DM으로 양 피규어와 양털 사진을 보내왔다. 나는 그게 정확히 뭔지도 모르면서 사!~ 사!~ 라고 답장했다. 그날의 일정을 마치고 숙소에 들어와서 술 한잔을 하고 있던 친구는 일단 사달라는 나의 요청에 고맙게도 술을 마시다 말고 다시 가게로 돌아가서 양을 구입했다. 언제 부서질지도 모르는 양 피규어를 가방에 넣고 산티아고 이곳저곳을 걸어다녔다. 그리고 가끔 가방에서 양을 꺼내 양사진을 찍어 보내오며 근황을 알려줬다.

뜨개를 하기 전에도 나는 기혼자, 개발자, 더블린에 사는 한국인

아일랜드에는 양이 사람만큼 많다

이었고 지금도 마찬가지다. 나를 소개하는 대명사들은 바뀌지 않았지만, 내가 생각할 때는 나는 많이 달라졌다. 특히 삶에 대한 태도가 많이 바뀌었다. 조용한 산이나 시골에 가서 살고 싶은 남편과 달리 나는 무조건 도시에 살고 싶은 사람이었고, 지금 갖고 있는 것들에 만족하며 감사할 줄 알아야 한다는 남편과 달리 더 많은 것들을 갖고 싶은 욕심이 많은 사람이었다. 앞만 보며 달려가는 경주마 같은 인생을 사는 사람이었다.

하지만 뜨개를 하고 나서는 조금씩 달라지기 시작했다. 물론 지금도 경주마 같은 면이 크긴 하지만 그래도 가끔 옆도 보고 뒤도 볼 수 있는 사람으로 변해가고 있다. 그리고 시골에선 죽어도 못살겠다고 했던 나는 이제 조용한 시골에 가서 한적하게 노후를 보내거나 작은 농장을 인수해서 양들을 키워보는 상상도 해본다. 물론 시골 생활은 생각처럼 낭만 가득한 생활도 아닐 것이고, 도시에서의 삶보다 훨씬 더 몸이 고된 날들일 거라고 생각한다. 하지만 상상은 무료이니 조금만 더 해보겠다.

한적한 시골 마을에 주위를 둘러보면 산과 들로 가득차 있고 근처에는 바닷가나 큰 강이 있으면 좋겠다. 나는 작은 농장을 인수해서 양을 키운다. 양을 키우는 김에 귀여운 알파카도 같이 키웠으면 좋겠다. 알파카는 무리 생활을 하는 동물로 한 마리만 키우면 안 된다고 하지만 농장이 있는데 무슨 걱정이랴. 여러 마리를 같이 키워보자. 양을 키우는 김에 오리도 같이 키우고 싶다. 밖에는 양치기를

시킬 강아지도 한 마리 있으면 좋겠다. 집안에는 고양이를 키워야지. 내가 직접 키운 양에서 털을 생산하고 그때 그때 자연에서 얻을 수 있는 식물을 이용해서 천연 염색을 한 후 옷을 뜨는 거다. 그리고 내가 뜰 것들 남겨 두고, 실이 남는다면 먹고 살긴 해야 하니까 실을 팔기도 하면 좋겠다. 농장 근처에는 우리가 지낼 집과 작은 오두막이 하나 있어서 삶에 지쳐있는 뜨개인이 와서 머물다 갈 수 있는 B&B를 운영하는 거다. 머물고 있는 니터에게 농장 투어도 시켜 주고 직접 만든 맥주와 아일랜드 감자로 만든 감자전을 안주를 만들어 파는 것도 좋겠다.

여러분도 바나 농장에 놀러오실래요?

아일랜드에는 양이 사람만큼 많다

에필로그:
더블린에서 보내는 편지

안녕하세요! 낮에는 개발을, 밤에는 뜨개를 하는 바나입니다.

2020년 12월 코로나 락다운으로 지루한 일상을 보내다 우연히 운명 같은 뜨개를 시작하게 된 지 이제 2년이 다 되어 갑니다. 그동안 뜨개를 하면서 정말 행복했고 많은 위로를 받았는데 이렇게 제 이야기를 공유할 기회가 생기게 되어 정말 감사하게 생각합니다.

책 출판 계약을 하고 지난 6개월 동안 저는 평일 낮에는 코딩을 하고 저녁에는 뜨개를 하다가 자기 전에 핸드폰으로 틈틈이 글을 썼습니다. 그리고 매주 토요일 집 근처의 카페에서 한 주간 쓴 글을 정리하면서, 원고 작업을 마무리하는 에필로그 쓸 날만을 손꼽아 기다려왔습니다. 드디어 그날이 왔네요.

처음 책을 쓰기 시작하고 얼마 지나지 않았을 때 지인에게 원고 몇 페이지를 보여줬습니다. 영어를 한국말로 번역기 돌린 것 같다는 지인의 피드백에 내가 도대체 겁도 없이 무슨 짓을 한 거지 싶었고 정말 책 한 권을 쓸 수 있을까 싶어 걱정됐습니다. 그래서 뭔가를 만들어서 보여주려고 애쓰지 말고 최대한 내가 느끼고 경험한 대로 솔직하게 쓰자는 마음으로 한 자 한 자 채워 나갔습니다.

책을 읽으시는 독자분들이 가벼운 마음으로 즐겁게 읽기를 바라지만, 저자로서 저는 결코 가벼운 마음으로 책을 쓰지 않았다는 것만은 알아주셨으면 좋겠습니다.

에필로그: 더블린에서 보내는 편지

책을 쓰면서 정말 많은 도움과 응원을 받았습니다. 먼저 남편이자 베스트 프렌드인 내 남편. 실 많이 사도 잔소리 안 해서 고맙고 책 못 쓰겠다고 우는 소리 할 때마다 할 수 있다고 응원해 줘서 정말 고마워.

Sean, I am so grateful to have you as my husband and best friend. None of this would have been possible without your continued support and love. I also thank you for not giving out even if I spend a fortune on yarn. You are a star! Go, Team Kavo !! Love you always xx.

그리고 존경하는 우리 아빠, 엄마! 제가 무얼 하든 저를 믿고 항상 든든하게 제 곁에 있어 주셔서 감사합니다. 엄마, 아빠가 없었다면 지금의 저는 없을 거예요. 앞으로도 건강하게 제 곁에 있어 주세요. 항상 보고 싶은 우리 오빠, 새언니, 나의 조카들까지 우리 가족들 너무 사랑해.

또 출판을 도와주신 김다니엘 편집자님과 디자인 작업을 진행해 주시고 최초 기획자로서 제안 보내주신 이예슬 디자이너님 및 브레인스토어 출판사 대표님 및 관계자 분들께도 감사합니다.

마지막으로 나의 소중한 뜨친들 하임이, 또르, 가람이, 광자, 미야꼬 언니, 리히 언니, 한나, 리사 언니, 옐이, 청 언니, 앤 언니, 이지, 쮸 언니. 그대들의 응원이 얼마나 큰 힘이 됐는지 알지? 너무 고마워. 우리 할머니 될 때까지 같이 계속 뜨개 하기로 한 약속 꼭 지

에필로그: 더블린에서 보내는 편지

키자. 또한 자신의 이야기를 들려 주시고 책에 실을 수 있도록 도와 주신 난바다님, 준호님께 감사드려요. 본인 사진을 써도 된다고 흔쾌히 허락해 준 채민이, 항상 나를 응원해 주는 영혼의 동반자 레이니 언니 정말 고마워. 닉네임이나 이름을 언급하지 않았지만 그 밖에도 인스타그램과 유튜브로 응원해 주시는 다른 뜨친, 친구들에게도 감사 인사를 전합니다.

이 책을 읽은 니터분들이 제 이야기에 공감하는 부분이 있다면 더 없이 기쁠것 같습니다. 혹시 없었다고 해도 '저 사람은 뜨개를 하면서 저런 생각을 하고 저렇게 느꼈구나'라고 봐주시고 니터님들의 생각을 전해 주시면 좋겠습니다. 저는 항상 듣고 배울 준비가 되어 있으니 언제든 여러분의 생각을 들려주세요. 만약 뜨개를 하지 않으시는 분이 우연한 기회로 이 책을 읽으셨다면……

뜨개를 한번 해 보시는 건 어떨까요?

2022년 12월 어느 날
더블린에서 바나 드림

뜨개는
우리를
들뜨게
하지

초판 1쇄 펴낸 날 | 2023년 1월 20일
초판 2쇄 펴낸 날 | 2023년 6월 23일

지은이 | 바나
펴낸이 | 홍정우
펴낸곳 | 브레인스토어

책임편집 | 김다니엘
편집진행 | 홍주미, 박혜림
디자인 | 이예슬
마케팅 | 방경희

주소 | (04035) 서울특별시 마포구 양화로 7안길 31(서교동, 1층)
전화 | (02)3275-2915~7
팩스 | (02)3275-2918
이메일 | brainstore@chol.com
블로그 | https://blog.naver.com/brain_store
페이스북 | http://www.facebook.com/brainstorebooks
인스타그램 | https://instagram.com/brainstore_publishing

등록 | 2007년 11월 30일(제313-2007-000238호)

© 브레인스토어, 바나, 2023
ISBN 979-11-6978-001-8 (03810)